U0939738

港台暨海外华人作家原创长篇小说丛书

别基小姐

【美】沈宁·著

江苏凤凰文艺出版社
JIANGSU PHOENIX LITERATURE AND ART PUBLISHING, LTD

图书在版编目（CIP）数据

别基小姐 /（美）沈宁著. — 南京：江苏凤凰文艺出版社，2016

ISBN 978-7-5399-8712-5

Ⅰ. ①别… Ⅱ. ①沈… Ⅲ. ①长篇小说—美国—现代 Ⅳ. ① I712.45

中国版本图书馆 CIP 数据核字（2015）第 215579 号

书　　名	别基小姐
著　　者	（美）沈　宁
责任编辑	邹晓燕　黄孝阳
出版发行	江苏凤凰文艺出版社
出版社地址	南京市中央路 165 号，邮编：210009
出版社网址	http://www.jswenyi.com
经　　销	凤凰出版传媒股份有限公司
印　　刷	三河市华东印刷有限公司
开　　本	880 × 1230 毫米　1/32
印　　张	6.75
字　　数	130 千字
版　　次	2016 年 1 月第 1 版　　2022 年 1 月第 2 次印刷
标准书号	ISBN 978-7-5399-8712-5
定　　价	32.00 元

（江苏凤凰文艺版图书凡印刷、装订错误可随时向承印厂调换）

目录

第一章

汤姆·伍德到鲁捷生家的时候，已经是晚上八点半了。伍德先生是个大忙人，如果不是有约，他恐怕现在还在办公室里，所以仍然西装革履，提个公文包。伍德先生四十多岁，个子不高，头已秃了，戴副金丝眼镜。他是美国加利福尼亚州总检察长，或者称加州司法部长。美国各州相对独立，自己立法司法，不归美国联邦政府管辖，不同于中国的省。加州总检察长，也不同于中国一个省的司法厅长。

听到门铃响，鲁捷生很快走去开门，手里还拿着两个玩具小汽车。看见伍德先生，他忙把玩具车转到左手，右手伸出跟他握握，说："你好，汤姆！"他们在一个办公室工作，美国人熟了，就是上下级，也都直呼其名，不称某某先生，表示亲热。

“你好，捷生！”伍德先生说完，松开鲁捷生的手，扶扶金丝眼镜，侧侧身让出后面跟来的一个姑娘，介绍说，“这是别基·威尔斯小姐，我对你讲过，我的一个远房外甥女。”

“你好，威尔斯小姐，很高兴见到你，请进。”鲁捷生握握她的手，看她一眼，马上移开自己的眼睛。果然像伍德先生反复警告过他的一样，糟透了，又丑又蠢又粗俗。她歪戴一顶皱皱的黑便帽，头发塞在帽子里，每个耳朵挂了五个彩色小环，嘴唇涂得漆黑，大热天身上还穿件印有血红色哥特图案的黑皮夹克，又旧又脏。如果有万分之一的选择，他绝不会允许这样的姑娘迈进自己家门。

“叫我别基好了。”威尔斯小姐从鲁捷生身边走过时，对他说了一句。

他们当然都说英文，伍德先生和威尔斯小姐一个中文字也不会说。

鲁捷生关好大门，跟着走进门厅，说：“我想，我们还是到里面家庭起居室坐吧。这边的大客厅，很久没有用过，还没来得及收拾干净，而且我想也不怎么舒服。”

别基听他这么说，扭头朝左手看看，借着门廊的灯，看到大客厅里黑乎乎的，没有开灯，窗上的薄纱窗帘蒙着一层淡黄色，是外面路灯照射的结果。大客厅里虽然整整齐齐，可沙发、咖啡桌、电视机、落地灯，甚至墙角一盆高大的植物，都光秃秃的，好像被遗忘在那里，想必也都蒙着一层淡淡的薄尘。

“当然，家庭起居室里很好，每次来都在那里坐。”汤姆说着，领头往右手转弯，走去里面家庭起居室。美国人的房子，也许因为房间多，通常客厅只准备有比较正式或者生疏的客人来了才用，以表示尊重，平常时候家里人都不在客厅里活动。平常时候，晚上或周末，家里大人小孩一起玩游戏看电视说话看书，都在另外一个专门房间里，叫做家庭起居室。而比较熟悉的亲朋戚友来访，为了随便舒服，也都到家庭起居室活动。很多美国家宅房屋，面积最大的房间，不是客厅，而是家庭起居室，因为这个房间使用得最多。

鲁捷生往左手转，仍然拿着那两个玩具汽车，绕过大餐厅，拐进厨房，一边大声问："汤姆当然是要斯各脱加冰。请问，威尔斯小姐……别基，你想喝什么？""柠檬汁就好了。"别基说着，跟在汤姆身后，走进右面家庭起居室。

看得出来，主人正在收拾这个房间，等待客人们来访，可是屋子里仍然到处乱糟糟。两个屋角的落地灯都开着，散射柔和的乳白色灯光。五十五寸电视开着，可是没有声音，只有屏幕上一张脸动着嘴巴，播报新闻。旁边立个立体声音响组合，镭射唱机播放着缓慢柔和的音乐，声音极轻微。这是一个没有主妇的家，而且有个小男孩，地上散乱丢着不少玩具汽车。起居室与厨房相连的地面，安置了一整套电动玩具火车的轨道，从厨房小餐桌脚下绕过。

从厨房对面门口望过去，是大餐厅，没有开灯，看不清楚，只见摆了一张巨大的长餐桌，围着高背木椅，靠墙放两个玻璃餐具柜。起居室地毯很久没吸过，走起来时时会觉得有什么硬东西垫脚，这里那里也看得出一团一团污迹。本来挺昂贵的高级意大利皮沙发，很久不擦，都皱皱巴巴，失去光泽，还沾了许多油污。咖啡桌上堆满报纸和几种不同的杂志，桌下也塞满小汽车喷水枪之类的玩具。沙发上方的墙壁挂了一幅很大的风景画，一个蓝色的小湖里，漂着两只白色帆船。别基不知道那是什么画，也不觉得好看。汤姆告诉她，那是莫奈的一幅名画。她不晓得莫奈是谁？也懒得问。沙发顶头，靠墙放了一架紫红色的立式钢琴，盖着琴盖，谱台上放一本乐谱，打开着。琴顶摆着许多照片镜框，大大小小，显然都是这一家人的照片，还有一个蓝色花瓶，没有插花。

鲁捷生端了饮料，从厨房过来，绕过小餐桌，走进起居室，一边招呼别基落座。

别基跟着鲁捷生到沙发边，摘掉头上的便帽，猛然一头金发涌出来。她用力甩了一甩，长发飘飞，好像一片金色的阳光，落到肩上。然后她又动手脱掉身上的黑皮夹克，想不到里面却是一件鹅黄色 T 恤衫，纯纯净净，配着发白的蓝色牛仔裤，倒也显得很有神采。

鲁捷生把饮料杯递给别基的时候，对她微微一笑，发现她耳朵上讨厌的耳环已被长发遮去，忽然之间，这姑娘变好看了。眉毛弯曲，睫毛很长，眼珠是蓝色的。面庞曲线很饱满，颧骨鼻子曲线很柔和。她是个典型的美国金发女郎，本来漂漂亮亮，偏喜欢故意把自己丑化？

一两秒钟里，鲁捷生在看别基的时候，别基也在注视他。虽然在家里，鲁捷生仍穿一件铁灰色衬衫，扎一条米黄色小斑点的领带，一条藏青西装长裤，脚上还穿着一双黑皮鞋，整整齐齐，跟这个乱七八糟的家不配套。汤姆向别基介绍过，鲁捷生六年以前从哥伦比亚大学法科毕业，拿到法学学位，搬到加州，考过律师执照。先在旧金山地检署做检察官，四年前调到加州司法部，现在是三个副总检察长中的一个。他才三十四岁，可看上去很成熟，很稳重。他不算英俊，可是很具男性气魄，头发很黑很浓，目光很亮很直，脸上线条很硬。

三个人都坐到沙发上，各自喝了几口饮料，鲁捷生问："那么，别基，你现在还在念大学？"

别基一听这个话题，就没了兴头，无精打采地回答："也不是，我已经离开学校两年了，念书没意思，而且也不知道想要念什么。"

鲁捷生看了汤姆一眼，笑一笑，又礼貌地问："那为什么呢？"

别基东看看西看看，心不在焉地说："没有什么为什么，就是觉得念书没意思，浪费时间。如果蓝斯这次能在加州找到个工作，我们就马上结婚，搬到加州来。我当然不用再念书，找个工作就行了。"

鲁捷生点点头，懂了。蓝斯自然是别基的男友，两人一起来加州碰运气。

"你的儿子呢？"别基放下手里的饮料杯，问鲁捷生，转换话题。

"在楼上他的屋里玩，"鲁捷生说完，扬头用中文朝楼上喊一声："凯文，下来一下，行吗？"

就因为这儿子，伍德先生今天才不管自己有多么忙，一定要帮鲁捷生找个小保姆。经过三年共事，伍德先生认为鲁捷生是自己助手里最能干的一个，现在州司法部几乎所有大案，都交鲁捷生主办。可是鲁捷生的太太金朗一年半以前忽然病死，从此鲁捷生家务增多，再不能每天二十四小时在办公室里度过，像以前一样。特别最近，他的儿子送去了托儿所，每日只有半天，中午十一点半必须赶到托儿所接孩子，不论是正在部里开会，或者甚至正在案件调查现场，鲁捷生都必须离开。一年半里，他连续找过好几个家庭保姆，都做不了几天就辞工。鲁捷生急得团团转，伍德先生也跟着万分心焦。

楼梯上走下来一个男孩子，小小的个子，穿件天蓝色线衣，胸口印个小汽车，下面是条小牛仔裤，没穿鞋子，光着脚。他一手拿个汽车，一手拿个苹果吃着，走进起居室，爬上沙发，围到鲁捷生身上。

别基看着凯文，问鲁捷生："你们在家里不说英文吗？"

"不，从他出生，我们一直跟他说中文。"鲁捷生摸着凯文的头发，用英文回答说，"我们相信，让孩子有至少两种语言能力，对他思维和智力的发育都有好处。直到前几个月，我开始送他去托儿所之后，他才开始接触英文，现在能听懂一些生活用语了。"

别基朝凯文微微笑着，问："你叫什么名字？"

凯文吃着苹果，看着别基，回答："凯文。"

别基点点头，说："你好，凯文。我是别基。"

凯文说："你好，别基。"

鲁捷生说："你要叫威尔斯小姐。"

别基摇头说："不用，叫别基小姐好了，对不对？"

凯文点头说："别基小姐。"

鲁捷生说："倒也是，每次去学校接凯文，学生们都叫克莉丝小姐，莫莉小姐，杰西卡小姐，不叫老师的姓，名字前面加小姐，奇怪。”

汤姆说：“他们太小，只会叫名字，记不得姓。”

别基仍然看着凯文，问：“凯文，你几岁了？”

凯文放下手里的汽车，一个一个伸出手指，说：“四岁。”

别基点点头，说：“四岁，大孩子了，对不对？凯文，你这样吃苹果吗？一边玩一边吃苹果，可不大好呀。不小心，会卡在喉咙里，很危险，你知道吗？”

凯文看着她，点点头。

别基也点点头，说：“老师也讲过，对不对？真是好孩子。一天吃一个苹果，就可以不生病，不看医生，对不对？”

凯文第三次点点头，好像要说什么，却没有说出来。

鲁捷生一边摆弄凯文，一边问别基：“那么，你从科罗拉多来？”

别基回答：“对，我家在那里，我生在那里。一个月前才来加州。”

鲁捷生说：“科罗拉多很漂亮。我前年冬天去科罗拉多出过一次差，顺便在洛基山上滑了一次雪，很不错。”

别基很自豪地说：“对，在洛基山上滑雪，世界闻名，英国的戴安娜王妃活着的时候，每年冬天来一次，住在威尔，我还专门去看过她一次，她长得真美，而且那么高贵……”

凯文边吃边爬动，忽然间一口苹果卡住喉咙，猛咳起来，憋得满脸通红。鲁捷生一时没了主意，抱着凯文喊叫。

伍德先生从沙发上跳起来，从怀里掏出手机，说：“我拨 911

急救。”

别基早已隔着咖啡桌，一步跳过去，从鲁捷生手里抢过凯文，一臂揽住，卧放在自己腿上，另一手在他背上猛拍。拍了几下，卡在喉咙里的那块苹果便喷出嘴来，跟着吐出一些乱七八糟的脏物，凯文哇一声大哭。别基忙把孩子抱起，放到肩膀上，一手拍着，在地毯上走动，嘴里说：“不哭，不哭。我们不吃苹果了，好不好？这样吃苹果，多麻烦呀。我给你做苹果汁，再加一根香蕉，我们喝进去，好不好？”

“……没事了，对不起。”伍德先生刚跟 911 电话员讲了两句话，看见危险过去，便关掉手机。

凯文还哭着，可是放低了声音，听别基讲话，点点头。

“你的衣服吐脏了，我们先上楼换衣服，然后再打果汁，好不好？”别基说着，拿手抹抹凯文衣服的胸前，指给他看脏的地方。

凯文点点头，扭过头去，不看自己的衣服。

鲁捷生站着，说：“实在对不起，把你的 T 恤衫也弄脏了。我去给你找一件金朗的衣服，换一换吧。”

别基抱着凯文往楼梯上走，说：“不要紧，我自己拿水擦擦就行，等一下回家换。凯文，你指给我看，哪个是你的房间，好吗？”

他们说着，走上楼梯，到凯文的房间去换衣服。

“她挺会哄孩子。”鲁捷生说。

伍德先生把手机放回口袋，把脸上的金丝眼镜摘下，掏出手绢擦着，重新坐下，说：“她是家里老大，下面有四个弟弟妹妹，所以从小就帮母亲带孩子。也许因此吧，年纪轻轻就成了家庭妇女。除了家务，别的什么都不懂。她来加州以前，她母亲专门给我打电话，要我在司法部给她安排个助理工作。念了五年书，大学还没毕业，居然想在我这里找工作？做什么梦？可是不管血缘多么远，总还算是亲戚，来了也不能真的什么都不管。我看她做保姆够资格，在你这里帮忙，一举两得，她算有个工作，你也解放了。”

鲁捷生点点头，说：“这么一闹，凯文看来也喜欢跟她了，会听她的话。这种样的姑娘，只怕她不大会负责任。”

伍德先生重新戴好眼镜，说：“这我就不晓得了，直到这次来找我，我从来没见过她，根本不认识，对她毫无了解。我跟她母亲也不过小时候见过几面而已，并不熟。不过我想，她应该还是诚实的吧。小地方长大的人，没多少见识，傻乎乎的，也可能比较厚道。”

鲁捷生说：“我不是怕她会偷东西，我这里也没什么值钱的财宝。只要她能尽职尽责，照看好凯文就行。”

伍德先生说：“那只有走着看了，先试试，不行了再说。你现在实在分身无术，没法子照顾凯文。捷生，我知道你现在已经超负荷了，可是我没有办法，还得再给你一个案子。”

鲁捷生耸耸肩，说：“你晓得我这个人。”

伍德先生说：“对，因为我晓得，所以每次决定是否给你一个案子处理，就特别费思索，如果你会对我说一个不字，就好了。”

鲁捷生说：“什么案子，说说吧，我尽力办。”

伍德先生弯腰从脚边的公文包里取出一个卷宗，递给鲁捷生，一边说：“因为是个中国人的案件，所以我想最好由你来处理，至少沟通起来方便一点。”

鲁捷生听着，打开卷宗，看着，不说话。

伍德先生说："是件谋杀案，去年发生，旧金山地方法庭已经审理结案，裁决为误伤杀人罪，判刑五年。犯人坐满六个月牢，假释出狱，监外服刑，回丹佛家里去了。被告一直不服，上诉到加州最高法院，我们需要再复查一下，给最高法庭一个答复，只好请你处理。"

鲁捷生手里拿着一张案卷资料照片看着，听伍德先生讲完，说："这个受害者陈珠弟，我认识。"

伍德先生说："真的吗？那么你或许也认识嫌犯骆明明啦？"

鲁捷生放下照片，看着伍德先生，说："不，嫌犯骆明明我不认识。我跟陈珠弟也只一面之交，还是……大概四年多前的夏天，我还在旧金山地检署任职，刚要调到你这里。有一次到旧金山机场送个朋友，偶然碰上陈珠弟。她在那里转来转去，听见我们讲中国话，过来问路。我见她刚从中国来，举目无亲，挺可怜的，就答应把她暂时接到我家住几天。也许我和金朗一九八三年就离开中国，记忆里的中国还很古旧。陈珠弟让我开了眼，没想到短短十来年，中国人变得不认识了。我不是说以前中国的意识形态好，但是九十年代以后中国人心态实在更坏，政治观念上没有进步，精神道德上又退步很多。"

伍德先生笑了，说："很精彩的一篇序言，那么内容呢。"

鲁捷生摇摇头，说："事实太多了，给你讲三天三夜也讲不完，你也未必会理解。现今中国人，什么道德理念都没有，只追求金钱。中国穷困了几十年，现在总算可以赚钱，所谓见钱眼开，见利忘义。钱就像鸦片一样腐蚀大大小小的官员，腐蚀成千成万的百姓。就像要到世界末日了，人人今朝有酒今朝醉，过了今天没明天。”

伍德先生听了，大笑起来，说：“那个陈珠弟竟让你这么悲观吗？”

鲁捷生可一点不觉得可笑，板着脸，继续说：“她到美国来寻找美国梦，在我们家找不到。我们当时住个很小的单居室公寓，她睡客厅沙发。忍了三天，失望极了，赶紧搬走，寻找她的黄金梦。”

伍德先生说：“全世界所有到美国来的人，都是来寻找美国梦的。我想，你当初也是一样。”

鲁捷生说：“我十几年前来美国的时候，只是想了解美国，看看中国之外的世界是个什么样子。我根本没有想过要做百万富翁，只寻找能够作为一个自由人的生活。那时候中国十分贫穷和封闭，我们连最起码的生活都得不到保证，根本没有发财的概念。现在不同，虽然中国大部分地方并没有多大改善，可北京上海那样的大都会表面上一派繁荣。像陈珠弟自己讲的，她在中国已经赚到上百万。那么她还来美国寻找什么，很单纯，就是赚更多钱，做百万美元富翁。她的美国梦，跟我们的美国梦大不一样。”

伍德先生说：“美国梦是美国人自己创造的概念，本来也没有一个统一定义。每个人都有自己的美国梦，这很正常。”

鲁捷生没有再说话，低下头来，眼睛迷蒙，好像陷入深沉的思索。

别基抱着凯文走下楼来，走进起居室，不停步，从沙发后面绕过去，进了厨房，劈劈啪啪开柜门关柜门，寻找打果机，嘴里还一边不停地跟凯文讲着什么话。

伍德先生走到墙角音响组合柜前拿起遥控器，按动开关。先是一只美妙的双簧管，然后单簧管、长笛、巴松加入，组成透明的木管三角和声，悠悠扬扬，飘飘荡荡。单纯的民歌风旋律，展示一片广阔原野，长满绿草，一望无际，远处丘陵，白色磨坊旁边，风车旋转。天空碧蓝，微风和暖，轻轻掠过，满地鲜花，红的、黄的、紫的……不知不觉，法国号与长号响起，和谐柔软。节奏改变了，庄严而雄伟，显示一种辉煌……美洲大陆，安谧、和平、幸福。那是动人心魄的德沃夏克《自新大陆交响乐》，二百年前人们踏上这片梦想土地时的感受。

站着听了一会儿，伍德先生转身走回沙发，一边说："大学时候有一次去休斯顿看朋友，一起去航天局，大门前迎面立了一块牌子，写着：凡是你能想象得到的，我们就能实现。我当时被那种伟大的气势鼓荡得热血沸腾，于是决定学习法律，做检察官，把美国建设成一个真正公正自由的国度，那是我个人的美国梦。"

鲁捷生点头说："那也是我的，或许所有做检察官的人，都怀抱同一个梦想吧。我在中国也学法律，叫政法，中国人把法律当作政治的一部分来看待，法律不独立。所以我到美国来，决心参与保卫美国司法制度的战斗，不能允许美国司法制度陷入失败。我想，美国的法制恐怕是人类公正和自由的最后堡垒，如果美国司法制度失败，那么这个世界只有回到中世纪的专制黑暗岁月，毫无希望了……"

厨房里响起打果机的声音，还有凯文的欢呼声，打断鲁捷生的话。他们两人同时转头，朝厨房望过去。

鲁捷生接着说："我从到美国之后，十多年来没有回过中国一次，真不知道现在中国人怎么认识美国。从陈珠弟的话看来，很多中国人认为美国人没有人性，没有人道，除了赚钱，别无所求。所以他们把自己的胡作非为看成是学作美国人，走美国商业化道路，他们所说的经济改革。其实根本不是那么回事，美国主流社会绝大多数人都是我们这样甘心情愿的理想主义者，而且美国人的整个商业结构建筑在一个绝对稳定的基础上，那就是诚实和信任。中国最缺乏的就是诚实和信任，怎么可能建设一个经济强国？"

伍德先生笑了，说："你在美国很多年了，对美国很了解，应该写本书，对中国人讲讲真实的美国故事。"

鲁捷生笑了，摇摇头，说："就算我写了，在中国出版了，也没人喜欢看。中国读者被一大批骗子误导多年，只看两种写美国的书，一是把美国写成天堂，中国人到了美国，念哈佛，开公司，事业成功，做百万富翁，满足一种羡富心态。一是把美国写成地狱，一无是处，中国人不忍受歧视，毅然归国发展，大获成功，回头来嘲笑美国人小气，满足一种仇富心态。我如果去对中国人说，美国不是天堂，也不是地狱，中国人在美国，并非个个都成功，也并不都受压抑歧视，每个人都能求得小康生活，但必须正直和努力，别做暴发户的梦。那书谁要读，不骗人的书在中国没人看。"

伍德先生问："美国也不是没有骗子，可听你这么说，真不可思议。"

鲁捷生笑了，说："现在中国，行骗是一个潮流，一个主流。诚实的人是少数民族，还要被嘲笑和欺压。有个香港商人大言不惭地说：中国那么大，一个省骗一个月，也能骗好几年。”

伍德先生说：“为什么骗子能够那么成功呢？我们说：头一次受骗，我骂骗子。受第二次骗，我只能骂自己。”

鲁捷生说：“我总在想，到底是先有骗子，还是先有愿意受骗的人。先有信吹牛的人，还是先有吹牛的人。先有吃马屁的人，还是先有拍马屁的人。先有甘受人压迫的人，还是先有压迫人的人。也许答案是先有受者，后有施者。没有爱受骗的人，骗子寸步难行。没有信吹牛的，吹牛者无处去吹。没有吃马屁的，拍马屁者无计可施。没有甘受压迫的人，压迫人的人也生存不了一天。”

伍德先生哈哈一笑，说：“你听起来像个哲学家……”

别基一手拉着凯文，一手拿个玻璃杯，杯里装满刚打的苹果香蕉芹菜酱汁，慢慢走过来。凯文坐好以后，别基把杯子递给他，他便拿起杯里的调羹，一勺一勺吃起来，咂着嘴唇，好像很有滋味。

鲁捷生笑了，说：“谢谢你，别基，你救了凯文的性命。”

别基在凯文身边坐下，看着凯文吃，说：“小孩子，这是常有的事。”

伍德先生说：“那我们说定了，骆明明的案子交给你了。”

“等我有时间细看看再说吧。明天要出庭，我眼下还得在那个抢劫案上集中精力。”鲁捷生对伍德先生说，心里却已下定决心，要好好处理一下这个案子。这是个中国人的命案，他是中国人，不管怎样，老乡见老乡，两眼泪汪汪。而且这骆明明是个了不起的人物，白手起家，短短五六年，事业成功，身价亿万。作为一个中国人,自认也在成功者之列,鲁捷生对成功的中国人有一种爱护和尊敬,所谓惺惺相惜之感吧。再说他也很想加重自己的资历,华盛顿跟他联络过几次,想聘他到联邦司法部任职,资历多多益善。

伍德先生笑了,说:“只要你同意接手,我什么都不再过问。”

鲁捷生点点头,转脸对别基笑笑,说:“我想先把我家里的情况说明一下。我工作很忙,在家里也经常还是工作。我并不抱怨工作太多,习惯了,闲着无事可做反而难受。我会尽量按时作息,可是免不了有时候晚上要加班,有时候周末也要工作。所以你得配合这种情况,有时候晚上周末要加班,这是我的第一条要求。过去一年多,好几个保姆做不长久,都是因为不能接受这个事实,嫌工作时间太长。我知道这情况,实在很抱歉,可是没有办法。所以我的第二条要求是,如果你同意帮我照看孩子,做一阵子,几天也好,几个星期也好,几个月也好,觉得不高兴了,不想做了,一定要提前一星期告诉我,让我有个准备。我知道帮我的忙不容易,所以我付的工资比别人都高。目前加州保姆市场价格是每小时五美元,我付一小时六美元,中午十二点到托儿所接孩子回家,跟凯文一起吃午饭,陪他到晚上六点。只看孩子,不必做任何其他家务。六点钟以后或者周末需要加班,我多付一半工资,一小时十美元。如果你愿意,我的第三条要求是,请你信守承诺,负责任。请你仔细想想,不必急,过一两天回答我也可以。”

别基手里拿块纸巾,给凯文擦着嘴,马上回答:“用不着想什么,我同意,我愿意,明天就可以来上工。不过我的工资全付现金,我不喜欢惹报税的麻烦。”

鲁捷生看了伍德先生一眼，没有作答，他们都是州司法部的检察长，明火执仗地讨论偷税漏税，不大合适。

伍德先生耸耸肩，站起身说："我再去倒点酒。"说完走进厨房。

鲁捷生于是转头，回答别基说："可以，对别人可不能随便讲。每星期结一回帐，你自己记录清楚你的钟点，交给我就行了。明天中午十二点请你到凯文的托儿所去，我带你见托儿所的老师。学童父母委托别人接孩子，要当面签署书面许可，而且老师要认识受委托的人，否则他们不让你把凯文接出校门。"

别基说："行，给我个地址，最好也写一下怎么找得到，我对这里还不熟。"

鲁捷生便在咖啡桌上找了张纸，写完凯文托儿所的地址和行走路线，递给别基，然后又说："很对不起，我并不想干涉你的个人生活，不过明天最好请你换一件……平常些的衣服，你知道托儿所的老师比较在乎这些。"

"当然，我知道。"别基说着，把凯文吃完的玻璃杯拿走，擦干净他的嘴，说："已经九点多了，凯文，你该不该睡觉了呀？明天还要去上学。"

凯文点点头，说句英文："去上学。"

伍德先生端着酒杯走回来，说："一切都说妥了吗？那好，我们该走了。从此以后，你们自己联络，没我的事了。"

第二章

第二天中午差几分钟十二点，鲁捷生在托儿所门口见到别基。

别基开了一辆七十年代的老旧车，肮脏的天蓝颜色，车头车尾都很长很宽大。驾驶座这边是一扇黑色车门，显然是撞坏之后，随便找一片同年同牌不同色的车门换上了。她迈出车来，果然没有穿她的黑皮夹克，身上的 T 恤衫，黄色底上印两个断裂的黑色五线谱音符，还是一种哥特风格。腰里扎一件毛衣，看不出是什么颜色。鲁捷生虽然并不尽然满意，但也没什么话可说。他只是怕托儿所老师见到别基那样子不放心，不愿意把凯文交给她。不过别基没有戴帽子，长头发罩住耳朵，总算看不见她耳朵上乱七八糟的耳环。

鲁捷生领着她进了学校，在办公室签了委托别基每天中午接凯文的许可书，介绍她认识了老师，然后让别基把凯文带回家，自己又回办公室去上班。

这一下午只要有一两分钟空闲，鲁捷生便给家里打个电话，有的电话别基接听，告诉他一切都好，她正跟凯文写字，或正跟凯文玩火车。有时电话没人接，只好在留言机上留个言，并不要别基打回办公室，反正过一阵他又会打回去。别基就告诉他：她听到留言，她们在后院玩等等。看来别基和凯文挺合得来，一下午挺忙。晚上鲁捷生尽了一切努力，带着要做的工作，准六点钟回到家。

鲁捷生家住在一条不是很热闹的小街上，而且还要从小街弯进一个死胡同的小圆圈，圈里只住四户人家，相识相知，任何陌生人的车进来，都很显眼。初夏时节，家家都有一些窗开着，窗后不时显现一个人影张望一下。鲁捷生刚从小街转进圆圈，就看见自家门口，停着别基开的那辆破车，而且里面坐着个人。鲁捷生看看手表，绕过这辆车，开进自家车库前的车道，停了车，提起公文包，下车站住，拉拉身上的深灰色西装，正正咖啡色圆点图案的领带，朝那辆大破车走过去。

还没有走到跟前，那破车门便打开，从里面钻出一个小伙子，头发染成紫色，乱蓬蓬，结成一缕一缕，蒙着许多灰土，好像几天没洗过。两个耳朵也各自挂了好几个耳环，左边眉毛上还钉了一个红色圆环。他穿一件黑色 T 恤，胸前印个凶狠丑恶的狼头，眼珠突起，呲牙咧嘴，吐着舌头，血滴成串流淌。黑色牛仔短裤好像是一条长裤剪断裤腿而成，两个裤腿边垂吊着布穗，腿上长满毛，没有穿袜子，光脚穿一双黑色球鞋。他嘴里叼根香烟，身体靠到车身上，从嘴里拿出香烟，吐一口烟，望着鲁捷生。

“你好！”鲁捷生说，看他似乎不大友好的神情，便也不主动伸手去握。

“嗨！”小伙子只简单地应了一声，眼睛转过去看着鲁捷生家的房门。

鲁捷生顺着他的眼光，看看自家门，别基和凯文并没有出现。鲁捷生又转过头，看着小伙子，问：“你在等别基吗？她不自己开车，每天要你接送吗？”

小伙子说：“不，她自己开车。今天她的车送车行保养去了。”

鲁捷生点点头，说：“对不起，我回来晚了一点。你知道，我工作很忙，非常感谢别基和你的好心，愿意帮助我。请问，您贵姓？”

小伙子好像有点不情愿，犹豫了一秒钟，最后还是答说：“蓝斯。”

鲁捷生笑了笑，说：“我叫鲁捷生，叫我捷生就行，比较顺口。听说你们两个不久前才从科罗拉多来加州，还习惯吗？科罗拉多很美丽，比较田园化，是不是觉得加州太嘈杂，太拥挤，一点美感都没有？”

蓝斯耸耸肩，说：“还好。我喜欢加州，开放。科罗拉多保守，不舒服，找工作不容易。”

鲁捷生看看蓝斯的头发、T 恤衫和短裤，当然明白他说的保守和找工作不容易是什么意思，又问：“你想找哪方面的工作呢？不知我能不能帮上一点忙？”

蓝斯说:“我有两个朋友在这里工作,他们帮忙就够了。”

鲁捷生说:“听别基说,你是个鼓手,想参加一个滚石乐队。我不大懂这方面的事情,想不到沙加缅度这地方还有滚石乐队。”

蓝斯很鄙夷地看鲁捷生一眼,说:“我们下层人的事情,你们从来看不起,怎么会懂。”

鲁捷生皱皱眉头,想不到蓝斯的阶级观念这么重,一瞬间福克斯电视网的比尔·欧莱利闪现出来。鲁捷生很喜欢这个脱口秀主持人欧莱利,他没有多少时间看电视,可有时夜里十一点钟临睡之前,会看一小时欧莱利的节目。这个欧莱利坚持说:美国并没有严重的种族问题,但是美国存在阶级对抗。欧莱利自认站在中下阶级的立场,虽然他年薪百万,属于富人。他称年入百万的富人为“他们”,说是美国大概有十五万富人。剩下的都是劳工和中产阶级,他称作“我们”。欧莱利直截了当地说:美国的富人们应该热爱我们,因为我们是大多数。他们必须尽最大努力保存我们,我们使他们繁荣。

过去鲁捷生一直认为,欧莱利先生为了做秀,故意标新立异。对于阶级,鲁捷生太熟悉,他的整个青少年时代在阶级斗争中度过,中国的阶级意识在社会生活的每个细节上都尖锐地表现,而且好像除了暴力手段,没有其他解决办法。可是美国从来没有盛行过阶级斗争,美国的自由和公民权利使人们得以突破阶级界线,从一个阶级走入另一个阶级,中产阶级可以创业成功而变成富人,富人也可能一夜之间破产而沦为贫民,所以美国阶级界线显得模糊,阶级之间的对立和冲突也淡化和消亡了。可现在鲁捷生看着蓝斯,听他讲话,才明白欧莱利并不是哗众取宠。鲁捷生一时只顾想自己的心事，没有说话应对蓝斯。

蓝斯以为鲁捷生轻视自己，恼怒起来，扬声大吼："别基，快把你他妈的臭屁股挪到这儿来。"

话语如此粗野，把鲁捷生吓了一跳，忙转过头张望。果然四家邻居大人小孩都纷纷趴到窗口上来看，不明白这个加州副总检察长家怎么会有这样的访者。鲁捷生不好意思地对每个窗口笑笑，摇摇手。那些人脸便知趣地消失了，这里住的都是知书达理的人。

家门开了，别基领着凯文走出来。别基站在门廊台阶上招呼："你好，鲁先生，回来啦！"

凯文快步跑下台阶，扑到鲁捷生怀里，用英文叫："爸爸，你晚了吗？"

"没有呀，我没有晚呀。"鲁捷生说着，一手抱起凯文，一手提着公文包，朝家门口走，又转回头，对蓝斯说，"再见，蓝斯，很高兴认识你。"

蓝斯连理都没理鲁捷生的道别，又朝台阶上的别基吼一声："你还要等他妈多久，走吧，磨什么！"

别基赶紧跑下台阶，对鲁捷生摇摇手，说："明天见。"

蓝斯正往车里坐，听见别基这句话，又转过身大喊："明天见什么鬼？明天星期六！糊涂蛋。"

别基扭头对鲁捷生笑笑，说："对不起，我忘了。那么星期一见啦。"

鲁捷生一手抱着凯文，站在门口台阶上，看着别基坐进车，没说什么话。

凯文看见蓝斯开车绕圈掉头走开，不住招手用英文喊叫："拜，别基，拜拜！"

一进屋，鲁捷生便看出，家里大变了样。左手大客厅的纱窗帘都掸过，所以显得很明亮。地毯也都吸过，留着一条一条印迹，那些有污迹的地方显然拿什么药水猛擦过，留个浅浅的圆圈。黄皮沙发都擦了，发着亮，显得很新。咖啡桌、电视等等，也都一尘不染。墙角那盆高大的植物淋过水，叶子一片一片洗过，显出碧绿颜色，生机勃勃。右手边楼梯扶手也都擦了，黄木条纹显出来，楼梯转角墙上挂的那面大镜子也擦了，又明又亮，反射出天花板上的吊灯。走进家庭起居室，看到那里也都收拾过。黑皮沙发擦净，坐皱的皮子都拉平整。咖啡桌上报纸都收走了，只留几本最新的杂志，露出桌面的淡黄色，好像很陌生。桌下的玩具也都不见了，只有一个硬纸盒，里面堆着桌上收下的报纸。

鲁捷生问："凯文，你的玩具都收到哪儿去了呢？"

凯文说："在我屋里。别基说，好孩子不乱丢玩具。"

"你的屋子也收拾了吗？我看看，好不好？"鲁捷生问着，把凯文放到一个沙发上，放下公文包，脱掉西装，搭到沙发背上，同时拉松领口上的领带。

凯文马上兴奋地从沙发上跳下，朝楼上跑，一边大喊："是我自己收拾的。"

鲁捷生赶紧随着凯文，跑上楼，走进他的屋子，里面果然都收拾整洁了。靠墙的木架上排着几个纸盒，里面分类放着凯文的玩具汽车和飞机。床单枕套显然都洗过，铺得平平整整。墙角的塑料筐里，凯文一星期换下的脏衣服也都洗了。打开凯文的衣橱，所有洗好的衣服都叠得整整齐齐。

“我们赶紧吃晚饭，然后洗澡，讲故事，睡觉。”鲁捷生说。

凯文说：“我吃过了，别基做的，可好吃了。你的留在冰箱里。”

鲁捷生坐到凯文的床上，问：“跟别基在一起，好吗？”

凯文在床上跳着，说：“好，她会跟我一块玩。”

鲁捷生说：“跟你说过，别跳，把床跳坏了。她收拾了一下午房间，哪里有时间跟你玩？”

凯文说：“我们一块收拾，一块吸地，一块擦沙发，可好玩了。”

鲁捷生问：“那么你现在就洗澡准备睡觉吗？还是我先去吃晚饭？”

“你先去吃吧，我听讲故事。”凯文说着，爬到床头，从枕头底下拿出一个袖珍录音机，说，“别基录了她讲的故事。她可会讲故事，讲得可好听了。”

“昨天就没有练琴，今天光收拾房间了，又没弹吧？明天老师来上课，一点不练不行吧。”鲁捷生说。

凯文低下头，摆弄手里的录音机，不说话。

鲁捷生说：“我下去到厨房吃晚饭，你去弹一会儿琴，然后再上来听别基讲故事，好吗？”

凯文抬头看着爸爸，说：“我先听一个故事，听完了就下去弹琴，行吗？”

“好吧，只能听一个，我在下面等你。”鲁捷生说完，出了屋子，下楼往厨房走。静了心，才闻出家里空气很清新，有一种淡淡的香味，那种曾经很熟悉的香味，可很久没有闻到了，显然是别基找出了金朗过去常用的空气清洁剂，满屋喷了香。

厨房也收拾了，椅子都塞在餐桌下面，水池干净，没有一滴残水。烤面包机旁边的面包屑都擦掉了，连微波炉都擦得明明亮亮。他拉开冰箱，里面也收拾过，空了一半，许多存放多时的食物都被别基丢掉了。留给他的一份晚饭，放在一个盘子里，蒙着玻璃纸，还半温着。一块烤好的牛排，一团土豆泥，几根豆角，红是红，白是白，绿是绿，分开摆着，跟电视广告演的一样。他把那个盘子拿出来，放进微波炉，定好一分钟，开了炉。

就这一会儿，凯文跑下楼来，直接进了起居室，从钢琴下面拉出琴凳，打开琴盖，两手在琴键上一抡，奏出几个响亮的音符。

微波炉尖叫四声，鲁捷生拿出晚餐，放到桌上，又从抽屉里取出一副刀叉，对凯文说："认认真真照着谱子弹。"

凯文不说话，静了一静，翻开谱子，慢慢练习新课，弹得结结巴巴，反反复复，弹了二十分钟，总算有了点进步。然后忽然停下弹琴，大声说："爸爸，我弹了四十分钟了，可以回去听故事了吧？"

鲁捷生坐在厨房桌边，吃着晚餐，听他弹。他给凯文规定每天练琴四十分钟，昨天没弹，今天该弹八十分钟，可是他说："去吧，我吃完了就上来。"

"爸爸，今天晚了，明天再洗澡，行吗？"凯文盖上琴盖，站着问。

鲁捷生想了想，说："行，明天再洗吧。牙刷了吗？那好吧。睡的时候叫我一声，听见没有？"

"听见了。"凯文欢呼一声，把琴凳推到钢琴下面，急急忙忙跑上楼，回到自己屋里。

天色已经暗下来，鲁捷生放下手里的刀叉，走进起居室，拧亮两个落地灯，又到组合音响柜前，选了一张《帕格尼尼小提琴协奏曲》镭射唱盘，放进唱机，按了启动键，然后回到厨房，并不开厨房的灯，只借起居室的灯光，在半明半暗中继续他的晚餐。

帕格尼尼的音乐荡进厨房，悠悠扬扬。淡淡的花草香空气中，混合着牛排肉味和豆香。鲁捷生独自坐着，慢慢地吃。忽然间眼睛里一股一股涌出酸酸的泪水，持续不断。他努力忍住，一口一口咽回喉咙，裹住牛排豆角，吞进肚去。金朗去世之后，一年多了，在自己家里，这是第一次，鲁捷生好像重新有了一种家的感觉。盘子都空了，他继续举着刀叉，呆呆坐着，望着面前的阴暗，听着乐曲，吞咽泪水。

“爸爸，我听完了，要睡觉了。”凯文在楼上大声叫，打破鲁捷生的冥想。

“来了。”鲁捷生忙站起来，把刀叉盘子放进水池，然后擦擦眼睛，跑上楼，进凯文的房间。

凯文已经钻进被子，手里搂着他的绒布小熊，望着进屋的鲁捷生。

“真乖，凯文，自己就睡了。”鲁捷生给凯文拉拉被子盖好，弯下腰，在孩子面颊上亲了一下，说，“晚安，凯文。”

“晚安，爸爸。”凯文回一句，眼睛已经显得很沉重。

鲁捷生欠身过去，关掉床头小柜上的台灯，然后站起身，走到门口，在墙上关掉屋子的大灯，出了门，轻轻虚掩上屋门，露一条缝，让走廊里的灯光透进一丝，屋里有一点点亮。

楼下起居室的大挂钟叮叮当当响了，八点整。

鲁捷生在凯文房间门外站了一小会儿，没有过去走进自己的卧室，他不知道别基是不是也收拾了他和金朗的卧室，他希望不会，美国人忌讳进别人的卧室。想着，鲁捷生摇摇头，轻轻走下楼，回到起居室，在沙发边提起自己的公文包，马上放下，然后走到音响组合柜前，关掉唱机，调到收音机功能，古典音乐台正播送一个肖邦的钢琴曲。他站着听了几分钟，心情稍微稳定一些，才又走回沙发边，再次提起公文包。走出起居室，拐弯走进紧邻的书房。

在门口一扭亮电灯，他就惊奇地发现，这房间居然也被别基收拾过，首先看到，靠墙书架上书都不再歪歪斜斜，那些总堆在书架前地板上的法典书本，虽然没有放回书架，还堆在地上，但都码得方方正正，所有翻开的书页，仍然都翻开着。鲁捷生走过去，先拧亮桌上的台灯，然后绕过书桌，坐到桌后的椅上，呆呆地望着桌面，手里的公文包垂落到地板上。桌面擦得很干净，反射着台灯的光亮。铅笔钢笔都插到笔筒里，不再在桌面上乱滚。文件夹、纸张本子、书籍字典、电话台灯、电脑和印刷机，都移动过，摆整齐了。两个立放的镜框，也都擦净，挪动过，正对着他的眼睛。一个镜框里夹着他和金朗在北京大学校门口的合影，那天他们结婚。另一个镜框里夹着他们的全家福，就在家里照的，凯文搂着金朗，金朗搂着他，三个人都欢笑着，那是他们一起照的最后一张照片。

鲁捷生闭住眼睛，大喘了几口气，然后又睁开眼，伸手摸摸光滑的桌面。过了几分钟，他忽然觉得生起气来，别基头一天来他家，就这样胡乱擅自走进他的书房，乱动他的东西，还得了吗？他的书桌虽然看着凌乱，可各种东西都有放处，别基这样乱弄一气，他什么都找不到了怎么办？他忙得要死，哪里有那么多时间在纸堆里找来找去。如果她不注意，不当回事，把什么重要文件丢失了呢？他是加州副总检察长，经手的文件都极重要，千万丢不得。他把手在桌面上一拍，脸色通红。

旁边书架上一对立体声小喇叭，连接起居室组合音响，把那里的音乐播到书房里来，钢琴清脆响亮的乐音，敲击鲁捷生的心，跳跳荡荡。他有很多工作，为了按时回家，装了满满一公文包。可是现在他根本没有心思做任何一件事，懒得看一页纸，写一行字。从小到大，他一辈子总是忙忙碌碌，把工作当成乐趣，工作越繁重，他越觉得快乐。从来没有过一天，甚至一分钟，他有过这样的感觉，神情恍惚，注意力分散，眼前什么都看不清，脑子也不转动，完全没有思想。

他很生气，真的。真的？没有，他不过是坐着发愣。他知道自己只是想要生气，所以存心找点岔子，找点理由假装不满意，他实际上对别基一点气也生不起来。原本请别基来，只是帮忙看看孩子，说好了别的什么都不管，人家一下午把整个家上下所有屋子都收拾了一遍，又做好晚饭，还有什么不满意人家的呢？

鲁捷生微微叹了口气，伸手把桌上的电脑打开，然后到桌边文件夹里，拿出别基收进来的当天信件。电话局账单，水电公司账单，几家银行请求使用他们信用卡的信，联合航空公司常飞乘客飞行里程报告……所有这一切，他都只看看信封，不拆开，扔到一边。电脑叮咚一声响，启动了。鲁捷生伸手拿鼠标点击一下，启动联网作业，然后拆开一封华盛顿来信，抽出信纸。

这时桌上的电话突然响起，鲁捷生看了一下手表，八点二十，伸手拿起听筒，答说："哈罗？对，是我……"然后就不再声响，一边听电话里人说话，一边继续浏览华盛顿的来信。

"OK，OK."鲁捷生答应了两声之后，把话筒放回电话机，同时把华盛顿来信丢到一边，两手抱到一起，搓搓几个手指头，想了一会儿，从地板上提起公文包，放到桌上打开，取出掌心电脑，按了一下，在通讯录中找到一个电话，然后又伸手从电话机上抓起话筒，按照找到的电话拨了一个号码。

对方没有人接，留言机卡喳一声响了，鲁捷生便说："你好，别基，我是鲁捷生，很对不起，这么晚了给你打电话，有点事情。能不能请你听到这个录音以后，给我回个电话？谢谢，我等着。"

他放下电话，仰头望着天花板，想了几秒钟，便从公文包里拿出所有带回的文件，放到桌上，又关好公文包，放回到地板上，然后开始伏案工作。收音机里肖邦早播完了，改播瓦格纳的歌剧音乐，鲁捷生觉得此刻听这音乐正好，能给自己鼓劲。瓦格纳虽然写歌剧，可是他对乐队的演奏更加狂热，所以他的歌剧音乐都像交响乐，雄壮辉煌，听了让人胸膛鼓胀，热血沸腾，经常喧宾夺主，压倒台上歌剧演出，所以很多乐队干脆把瓦格纳的歌剧音乐当作交响乐来演出。可是过了一阵，鲁捷生忽然感到瓦格纳的音乐充满激烈的骚动，不断震荡他的神经，让他觉得越来越不安，老产生一种想做什么的冲动。

鲁捷生站起来，从书房走到起居室，把音响调到镭射唱机功能，打开唱片槽，里面有一张贝多芬钢琴奏鸣曲，一张穆索尔斯基的钢琴协奏曲，另外三个槽空着。鲁捷生到旁边镭射唱片架上翻了翻，拿起一张斯美唐纳和鲍罗丁的弦乐四重奏，一张莫扎特的钢琴协奏曲，一张门德尔松的小提琴协奏曲，分别放进唱机，按键启动。轻柔的音乐响起来，他的心情立刻稳定下来，像水流一样漫延开，觉得舒畅和安谧。

这下子，他能够专心了。他走回书房，坐到桌边，从一堆卷宗里抽出骆明明杀人案的卷宗，他得准备一下，明天要去旧金山开会，跟骆明明的上诉律师讨论此案。他翻开卷宗，读起来：

骆明明，男，四十五岁，美国明月出版事业公司总裁。中国浙江大学仪表系毕业，获美国俄亥俄州立大学电脑软件硕士学位，到加利福尼亚州，参加雅虎网创建工作。雅虎上市，一举致富。转纽约自立门户，创办明月出版事业公司。明月公司起初经营一个商业网页，后来逐渐扩大，开办印刷出版业务，去年初开始发行一本《月光》月刊。骆明明去年五月注册了一个明月文化基金会，自任董事长。四个月后，明月出版事业公司准备出售给星空公司，后因杀人案而中止谈判。

鲁捷生放下卷宗文件，拿起鼠标，点击雅虎，然后键入月光网域，搜寻月光网页。一幅彩色主页很快展示到屏幕上，月光照耀下站立的维纳斯女神，朦朦胧胧，楚楚动人。主页下端有两个圆形小钮，一个小钮印着英文的“英文”一字，另一小钮印着中文的“中文”两字，这个网站为中国人服务。鲁捷生拿鼠标点击一下中文小钮，很快进入月光网的中文网主页。镜头推进，维纳斯女神放大成半身，往后仰倒，将裸露的胸乳挺起，迎向月光，上面叠印几行小字：此网站内容仅供成年人观赏，不适所有年龄者进入。如果你年龄不足二十一岁，请你点击下面相关钮离开本页。如果你点击下面进入钮，表明你了解此警告，年龄超过二十一岁，自己担负由于观赏此网页而可能引起的一切法律责任。

原来是一个成人色情网站，鲁捷生点击“进入”钮。主页上的维纳斯女神躺倒了，翘起一条腿来，指向月亮。屏幕上跟着显出一个窗口，要求网站浏览者注册登记作会员，键入信用卡号码，并同意交纳三十五美元的会员月费。下面还有一行字：你绝对想不到，这一点会员费能让你享尽天下美色。

鲁捷生当然不会交钱上网，便点击离网。他已经明白了，原来骆明明致以发财的，是经营色情商业，一个色情网站，一本色情月刊，以及出版一些色情书籍，印刷一些色情图片。既然干这行，大概多少有些地下黑社会背景。至少需要定期弄到大批女人轮番拍裸体照，并同意对大众公开，如果没有黑社会帮助，恐怕就不好弄。

这么推论，此案好像就没有多复杂了。鲁捷生认识受害人陈珠弟，她那样的女人，为了金钱地位，什么都肯干，让骆明明拍拍裸体照，跟大老板睡睡觉，太自然了。鲁捷生猜想，而后陈珠弟可能卖力帮骆明明笼络其他女子，所以成了他的左右手，做了经理。这个命案，表面看来像是个情杀，实际还是金钱上的争斗。陈珠弟跟骆明明睡觉，纯粹是一种商业行为，作为取得金钱与事业成功的阶梯，根本谈不上感情。看来，还得从钱这条线索上开始。

鲁捷生翻动卷宗里的文件，寻找骆明明公司账目报表，银行单据。旧金山地检署检察官工作挺认真，所有财务文件按月按日装订，整整齐齐，一目了然。鲁捷生翻了最近几个月的文件，然后看银行文件，各种公司文件。明月出版公司原是个盈利商号，明月文化基金会是非盈利组织。就是说，骆明明像美国很多富人一样，钱赚够了，便拿出一点儿来，办些文化慈善事业。可是骆明明要把明月出版公司出卖，准备把所有资产都转入明月基金会，不再盈利，那是怎么回事？鲁捷生摇摇头，这个骆明明是否有点神经失常？也许他突然受到什么重大的刺激？也许这个刺激来自于陈珠弟。鲁捷生觉得很可以理解，跟陈珠弟那样的人长期相处，任何一个正常人都会变得失常。

这样想着，鲁捷生翻到一张警局记录，两年以前陈珠弟曾到丹佛市警察局报警，控告骆明明因为她怀了身孕，把她撵出住宅，迫使她流离失所，无家可归。警局派员护送陈珠弟回到骆明明在樱桃山庄的住家，以虐待妇女罪名，将骆明明拘留起来。骆明明声称陈珠弟谎报，她根本不可能怀孕，而且他也没有要赶她出门，只是他们争执之后，她生气自己跑出去，还是骆明明打电话叫计程车，送她到警局去的。陈珠弟坚持原来的控告，可是拒绝警局提议，不肯到医院检查，确保胎儿健康。过了一天，陈珠弟又到警局，撤销对骆明明虐待的控告，把骆明明领回了家。

不出所料，这女人惯会使用自己的肉体武器。大概在北京就靠睡觉和要挟，控制住上司或老板，一级一级往上爬，取得她所自豪的成功。到了美国，英文不会说，学识技能一样没有，当然更只能使用这件武器了。鲁捷生想着，继续翻卷宗里的资料文件，查对日期。发现陈珠弟在丹佛警局控告骆明明之后一个月，被任命为公司推销部经理。那时她到明月出版公司才不满一年，认识骆明明大概才几个月。

鲁捷生抬起头，想了一想，很有些为骆明明抱不平，觉得这案子里有什么隐情不清楚，骆明明有什么情况没讲充分，受害人陈珠弟好像也该承担一些责任。这些隐情也许只有中国人才能想得到,这案子他接对了。

桌上电话铃忽然响起,打断鲁捷生的思索,吓他一跳。鲁捷生抬手看看表,已经十一点半了,谁这时候还会打电话来?他拿起话筒,没想到居然是别基,她有些慌张地问:“对不起,捷生,是不是太晚了?你已经睡了吧?”

鲁捷生这才想起,是自己刚才留言,请别基打电话回来,忙说:“哪里,我在书房工作,起码还得再一两小时才能干完。”

别基在电话里说:“您有什么找不到了吗?我没有丢掉任何东西。”

鲁捷生说:“不,不,谢谢你帮忙收拾房间,你实在不必忙这些,一定很脏乱。你帮我收拾房子,又做晚饭,我得多付你工资才好。”

别基安下心来,说:“不用,跟凯文一块,一边玩一边就做了。”

鲁捷生说:“别基,这么晚给你打电话,是有事要请求你帮忙。实在很抱歉,真是难以启齿。”

别基说:“没关系,您说吧。”

鲁捷生说:“我刚才接到一个通知,明天我得出差去旧金山半天,只好麻烦你帮我看凯文,如果你有空。很对不起,明天是星期六……”

别基打断他,说:“请你等一等。”

然后她用手蒙住话筒,跟蓝斯讨论明天的安排。他们商量了好半天,或许因为挥手讲话,时不时别基蒙话筒的手离开一下,就可以听到她或者蓝斯激烈的喊叫,猜得到两个人在争执,可是听不清，也听不成句。鲁捷生觉得很难为情，却又不能在别基回话之前挂断电话，那样不礼貌。

又过几分钟，别基回到电话上，对鲁捷生说："行，明天我去。"

鲁捷生说："算了，别基，不方便就算了，我再打电话到别处临时找个人。"

别基说："不用，我没别的事，我可以去照看凯文。"

鲁捷生说："那么太谢谢你了，我明天会付你加倍的薪水。我早上九点离开家，十一点半在旧金山有个公务午餐约会，然后回来，开车两个钟头，估计下午两点半一定能到家，你就可以离开，大概要你照看六七个钟头。真抱歉，耽误你们的周末……"

别基打断他，匆匆说："没事，明天见。"

第三章

星期六下午两点钟，鲁捷生按时回到家。旧金山之行还算有收获，他心情不错。旧金山的古德曼先生，是个熟人，鲁捷生在旧金山地检署任职的时候，跟他打过几次交道。古德曼先生已经五十多岁，做了三十年律师，在整个美国都很有威望，骆明明被裁决有罪之后聘请他代理上诉。他尊重鲁捷生的声誉，深知鲁捷生办案公正无私和认真努力，所以很高兴鲁捷生能答应处理这个上诉。这次午餐会面，双方都很坦诚，也很愉快。

古德曼先生说明了骆明明坚持无罪的立场，对案情提出几个疑点，请求鲁捷生进一步深入调查。同时又交给鲁捷生一大包他自己调查后得到的补充资料文件，有助于骆明明案件的平反纠正。

最让鲁捷生满意的是，古德曼先生明确表示，他的客户深明大义，就算旧金山地方法庭裁决的误伤杀人罪最后被推翻，加州最高法庭裁决他对陈珠弟之死完全无罪，他也绝不会控告旧金山地检署或者旧金山警局。骆明明承认，陈珠弟死的那天晚上，他确实打过她，虽然没有致她于死，但使用暴力，侵犯人身，总算犯了罪，所以坐六个月监狱，也是罪有应得，没有什么冤枉，不会抱怨美国司法系统不公正。

古德曼先生还告诉鲁捷生，虽然陈珠弟给骆明明惹了很多麻烦和不幸，虽然骆明明对于陈珠弟的死不负有任何责任，虽然骆明明对陈珠弟没有一点好感，她毕竟是一个人，还年轻，不该死，所以骆明明心里一直存在深深的遗憾。他计划拨一百万美元，在美国银行以陈珠弟的名字建立个基金，专门帮助陈珠弟家的青少年亲属到美国留学。可是这件事一定得等加州法庭洗清他的罪名之后，才能实施。古德曼先生讲这些的时候，频频摇头，搞不懂中国人的思想方法。而鲁捷生完全了解骆明明的顾虑，他不能让陈珠弟在中国的亲属们知道这情况，把他告进中国法庭，借机乱敲他竹杠。

从旧金山开车回家的两个钟头，鲁捷生忽然又觉得猜不出骆明明到底是个什么样的人？他到底有罪，还是无罪？他声言自己无罪，可又事事做得好像自己有罪。鲁捷生自己是个律师，而且是个检察官，他必须坚信美国法庭判决的公正。他曾经在旧金山地检署工作过，深知那里的同事们绝不会拿人命案当儿戏，乱告一场。他来自中国，了解一个没有法制的社会是怎样一种情况，所以对美国司法制度抱有一种绝对的信任和崇高的尊敬，否则他到美国也不会继续学习法律，毕业之后回绝了许多私营律师楼的聘请，选择做个薪水不高的地检署检察官。五六年期间，从地检署到州司法部，他经手起诉过很多案件，有的胜诉，有的败诉，可他对美国司法的公正，没有过丝毫怀疑。就算现在，他下意识感觉到骆明明的案子有点什么不对头，他也仍然对美国司法作业系统保持信任。骆明明总算走运，他要是在中国，可能早已经被枪毙了。

鲁捷生把车子停进车库，拿出公文包和西装领带，走旁门直接进屋，连叫两声："凯文，凯文，我回家啦。"

没有应声，屋里一个人都没有。他走进起居室，在沙发边放下公文包，把手提的西装和领带搭到沙发靠背上，看见小台子上电话留言机小灯一闪一闪，便随手按了收听键，一边听，一边走到后门边。

天气很好，别基跟凯文在后院里游泳。那个塑料充气游泳池，买回家来一年多了，从来没玩过。本来因为金朗去世，鲁捷生觉得很对不起凯文，一时心血来潮，买了这个游泳池，想多跟凯文一起玩玩，让儿子高兴。这种玩具他从来没买过，一点不晓得怎么个玩法，买回来以后才发现，光给这游泳池四周打足气，就不容易。他努力过一次，用家里的脚踏车打气筒打了四十分钟，两条胳臂轮换，都酸得要命，才不过打足了一个边，人一累，哪里还有心情玩，鲁捷生再也鼓不起劲头继续打气了。那时孩子才三岁，还从来没下过水，并不知道游泳多好玩，所以鲁捷生一说另给他买个飞船玩具，他也就忘掉了这个游泳池。可不料想，别基却把它找出来，而且打足了气，放在后院草地中间，灌满水，两个人在里面，蹦蹦跳跳，大喊大叫。

“哈，你们玩得真高兴。”鲁捷生在通往后院的玻璃门里面张望了一下，拉开门跨出去，笑着说。

凯文满头的水，高扬双手，跳到空中，往下一坐，扑通一声，掉进水去，水花四溅。旁边别基赶紧站起来，两手举起，蒙在脸上，哈哈大笑，嘴里叫着：“不闹了，不闹了，爸爸回来了。”

明亮的阳光之下，别基两手在脸上身上抹着水，转过来，面对鲁捷生微笑。她穿着淡绿色斜条纹的泳装，清楚准确地勾勒出身体的曲线。她才不过二十五岁，正是年轻时候，没有她平时外面那些怪衣服遮盖，显得亭亭玉立，充满青春气息，满身滚落的水珠，阳光一照，晶莹透亮，更增添无限魅力。鲁捷生禁不住凝神望别基的脸，线条很圆润，使她的微笑很柔和，也很灿烂。她眯着眼，鼻翼扇动，张嘴欢笑，鲜红肥厚的唇颤抖，动人心魄。

鲁捷生意识到，前两天让她那身黑暗丑陋的衣服欺骗了，别基其实长得挺美。他这样想着，突然猛转过脸去，觉得呼吸急促起来。从金朗去世之后，鲁捷生再没有注意过女人，他的心从来没有因为看到一个女人而跳过，今天他怎么忽然心动了？

别基挥着手招呼：“捷生，你也来玩吧，这么热的天……”

凯文站在别基身边，跟着大叫：“爸爸，快来，快来，可好玩了。”

鲁捷生回过身，笑着摇摇头，说：“我这么大人，跟你们一块钻在水里瞎闹，像什么话。别基，这件游泳衣很好看。”

别基更笑得欢了，低头看着身上的泳装，伸手拉一拉，说：“是吗？这不是我的，我并没有拿我的游泳衣。这是凯文帮我从你们衣柜里找到的，我想是凯文妈妈的吧，不是吗？”

鲁捷生愣了，脸色猛然黯淡下来，说：“凯文，玩够了吧，收拾一下吧，钢琴老师就快来了，忘了钢琴课吗？”

别基说：“捷生，上午有个电话打来，不说英文，我没敢接。”

“哦，那是我姐姐，问凯文好不好？”鲁捷生说完，默默转身，走进玻璃门。

他万没想到，自己竟然完全不认识别基身上的那件游泳衣，也许是金朗独自去买的，买来后还从来没有机会穿过。鲁捷生走回书房，呆呆坐在桌前，望着桌上金朗的照片。真的，他的记忆里，好像从来没有跟金朗一起游过泳，甚至从来没有一起到哪里去玩过。从到美国那一天开始，他们就一直拼命忙碌，念书工作，没有空闲也没有财力休息玩乐。他从来没有想过，也从来没有提出过休假或者玩乐的计划。也许金朗想过，她不是买了这件游泳衣么？可是她从来没有说过一句，那么是他太疏忽了，没有注意到金朗的想法。是的，他从来没有注意过金朗。也许金朗是跟他一起去买的那件游泳衣，或者曾在家穿给他看过，可是他不记得了，他从来没有注意过金朗的外表，没有注意过金朗的衣食住行，喜怒哀乐。

这样想着，鲁捷生孤独地坐着，泪流满面，一直到听见别基和凯文跑进房子，冲上楼梯，大喊大叫，嘻嘻哈哈，跑进洗澡间去，他才赶紧抹去眼中腮边的泪，稳住心境。楼上洗澡间的门关着，听得见别基站在门外，大声指教凯文自己擦干身体。美国人就是几岁孩子，也讲男女有别，别基不能进洗澡间给凯文洗澡。说着笑着，凯文擦干身体，跑出来回到他房间去换衣服，别基这就可以跟着去了。

过一会儿，凯文蹦跳着冲下楼，跑进书房，叫："爸爸，我渴了，我要喝。"

鲁捷生站起来，拉着凯文的手，往厨房走，听见楼上洗澡间的门砰一声关好，别基要自己洗澡了。

"我要喝奶。"凯文看着鲁捷生拉开冰箱，指着牛奶罐说。

鲁捷生没说话，从碗柜里拿出一个玻璃杯，给凯文倒了大半杯奶，递给他。看着他喝，又问："饿了没有？要不要吃什么？"

凯文一边喝着，一边摇摇头。

鲁捷生问："你们中午吃饭了？吃的什么？"

凯文一口气喝完奶，把杯子递给鲁捷生，一边说："烤比萨饼。别基烤的比你烤的好吃。"

鲁捷生说："瞎说，都是一样的东西，冻箱里拿出来，放进烤箱，四百二十五度，烤二十分钟。谁烤都一样，人家印了烤法，又不能自作主张。"

凯文说："反正别基烤的好吃，没有你烤的那么焦。"

别基洗过澡，走下楼来，穿着一件灰色T恤衫，上面印着图案，却说不出是些什么，像些散乱破碎的泪珠。鲁捷生皱皱眉头，那是别基自己的，金朗绝不穿印这种图案的T恤衫。别基手里拿把发刷，刷着湿淋淋的头发，走进厨房，笑着问："你们在说什么？"她听不懂中国话。

凯文马上用英文说："我告诉爸爸，你烤的比萨饼好吃。"

鲁捷生有点不好意思地说："我告诉他，盒子上印着烤法，谁烤都一样，不会有好有坏。”

别基更笑得欢了，说：“从小跟着妈妈烤比萨饼，从来不看盒子上印的做法说明。你要吃吗？还留着一块，在冰箱里，热一热吃，还是吃冷的？”

鲁捷生说：“比萨饼怎么能吃冷的？”

别基从冰箱里取出用锡纸包好的那块比萨饼，说：“当然可以吃冷的，我们每次吃比萨饼，专门冻几块，吃冷的。”

“我可不吃冷的，在微波炉里热热，我自己来。我吃过午饭了，一口而已。”鲁捷生说着，走到台子边，动手打开包比萨饼的锡纸，改用餐纸包好，放进微波炉里，定了两分钟，烘烤起来。

别基还在刷头发，转着脸，四处看，说：“捷生，你不觉得这厨房的墙壁颜色太暗了吗？不觉得有点……嗯，不舒服？”

鲁捷生转过身，靠在台子上，扬起脸，看看墙壁，说：“五年前，我们买下这房子的时候，就是这样子。当时……嗯，金朗也说过想要改漆一个颜色，可是我太忙，没时间。她身体不好，又要上班，后来怀了凯文，弄不成。生了凯文，更忙不过来。我说请人来漆漆算了，她舍不得，嫌太贵，老想自己弄。这样拖了两三年，后来也习惯了，不再提这事。其实不是什么了不得的事……金朗已经过世了，对我来说，更无所谓。”

微波炉滴滴滴响起来，刚好结束鲁捷生的话。他转身打开微波炉，拿出比萨饼，叫了一声，烫得松了手，把饼丢到台子上，猛吹手指。

别基说：“你如果不嫌弃，有时间的话，我来帮你漆。从小到大，我差不多每两年要改漆一遍屋子颜色，我最会漆房间了。凯文可以帮我，小孩子最喜欢干这种事情。”

可是两个人转过头，却看不见凯文，他早已跑上楼，回自己屋子玩去了。鲁捷生给自己倒了杯冰水，坐到桌边，吃起比萨饼来。

别基又转着头，四处看，说：“你起居室的地毯颜色也不好，不过换地毯比漆墙麻烦得多，不能马上就弄，过些时候再说。可你大餐厅里的餐具柜得搬一搬，放的位置不对，偏在一个角落不好看。餐桌上摆的那些垫子也得换，不配套。还有你楼上几个房间的窗帘应该调整一下，大客厅里的窗帘一定得换新的。有空的话，我带你去挑，我最会布置房间，帮你挑最好看的……”

鲁捷生听她津津有味地说着，不声不响吃完那一角比萨饼，喝了两口水，等她停下话来，才说：“算了，都是些小事情，马马虎虎，无所谓的。”

别基说：“是小事吗？这是生活！生活是小事吗？”

鲁捷生站起来，到水池边拿水壶灌一点自来水，说：“生活可比这些事情要大得多了。”然后把水壶放到炉子上，开火烧水。

别基很奇怪，说：“我觉得，生活就是住房子，就是家庭，就是舒适和快乐。如果连住房子都不是生活，你说生活是什么？”

叮咚一声门铃，鲁捷生看看手表，刚好三点整，便朝楼上喊：“凯文，钢琴老师来了，去开门。”

凯文不肯从自己屋里出来，别基跑到门口开了门，请老师进家。鲁捷生跟在别基身后，迎上来招呼道：“你好，坡利恩先生。”

“你好，鲁先生，凯文怎么样？每天练琴吗？”坡利恩先生眼睛一直盯着别基看，一边随口问。

鲁捷生指指别基，说：“这是我新请来照看凯文的保姆。今天我出差，所以请她来帮半天忙。对不起，水开了，您要喝点咖啡吗?”

“不，谢谢，我很好。”坡利恩先生说着，走进起居室，到钢琴边，从琴下拉出长条座椅坐下，打开琴盖，翻动琴上的乐谱。

鲁捷生在厨房里，从壁柜里拿出咖啡杯和速溶咖啡瓶，又喊：“凯文，快来啦，别磨了，我们一共才三十分钟。”

凯文还不肯下楼来。别基忙上楼，跑进凯文屋里，跟凯文叽叽咕咕不知说了些什么，凯文才出来，下了楼，乖乖走进起居室，到钢琴边，看着从厨房里走出来的鲁捷生说：“我要别基听我弹琴。”

鲁捷生端着咖啡杯，看看别基，说：“已经麻烦人家大半天了，不好意思……”

别基从墙边拉过一把椅子坐下，说：“没关系，我没什么事。”

坡利恩先生扶凯文坐稳，指指琴上的乐谱，说：“上次学的这一段，记得吗？我弹一遍，你听一听。”说完，他把手在琴键上一扫，熟练地弹出一串音符，清脆流利，十分动听。

凯文抬起两只小手，放在琴键上，照着乐谱弹，断断续续，可是很认真，头一点一点的。坡利恩先生不时扳扳凯文的手，或者轻声在他耳边说一句什么，或者赞美一声：“好，很好。”

鲁捷生踮着脚尖，轻轻走到旁边，在沙发上坐下，打开刚放下的公文包，抽出一堆文件夹，俯身在咖啡桌边，又开始阅读。

别基坐着，一动不动，听着琴声，看他们父子两人。她的位置，能一眼同时看到面前所有人，远近重叠。她呆呆地望着弹琴的凯文，以及背景上鲁捷生工作的身形。

忽然鲁捷生从咖啡桌边抬起头，向钢琴边望过来，刚好直直地碰上别基凝视的目光。两人都觉得不好意思，相对笑笑，别转脸去。

别基轻轻站起身，走进书房，从书柜上拿起一架数码照相机，回到起居室，坐回自己座位，不声不响，给这一家子照了几张相。

三十分钟很快过去，三点半钟一到，坡利恩先生马上站起身，嘱咐凯文每天好好练琴，然后与鲁捷生和别基道了别，便匆匆走了。

鲁捷生刚关好门，别基便挥着手里的数码照相机，对凯文说："你的姑姑不是想你了吗？我们马上给她寄几张照片过去，好不好？"

凯文跳起来，大叫："好呀，好呀！怎么寄呢？我看看。"

鲁捷生问："你会弄吗？我可还没有弄过数据照相机的照片。"

别基说："容易，我来弄，你电脑里有互联网吧？"

鲁捷生指指咖啡桌边的公文包，说："那是我的手提电脑，也有互联网，就在那上面弄吧，不必再去书房开大机器了。"

别基跟凯文一起冲到沙发前，并肩往地毯上一坐，然后从鲁捷生的公文包里提出电脑来，熟练地启动起来，同时又问："你这手提机上的互联网是无线联接吗？这里有个 USB 接口，能接数码照相机。"

鲁捷生说："是，出差要用，有时候非无线联接不可。"

"来了，你这机器挺快。"别基一边说，一边两手并用，把数码照相机连接到手提电脑上去。

鲁捷生问:“你好像对摆弄电脑网络很老练。”

“中学里人人玩这东西,整天下载歌曲,”别基边说边弄,又转头对凯文说,“你看啊,我们现在来看看刚才照的照片。你看,这是谁在弹琴?这是谁在工作……”

鲁捷生坐在沙发上,举杯慢慢喝着咖啡,远远地隔着坐在地毯上的别基和凯文,看见电脑屏幕上显现的照片。

别基忽然回过头来,看见鲁捷生沉思的目光,莞尔一笑,问:“照得好吗?能寄给你的姐姐吗?”

鲁捷生点点头,说:“当然可以。来,我打密码,开通电子邮件。”

别基往旁边让了一让,鲁捷生也从沙发上坐到地毯上,挤到别基和凯文中间,迅速接通电子信箱,开启写信新页,从通讯簿里找到姐姐的邮箱,对别基说:“好了,你来附照片吧。”

别基伸手转过电脑,把数码照相机里的几张照片附到邮件上,又把电脑推到鲁捷生面前,说:“你得给你姐姐写几句话吧?”

鲁捷生点点头,在键盘上随便打了几行英文字,转头问别基:“好了吗?我发送了。”

别基说:“送吧。好了,凯文,好玩吗?”

凯文点头说:“好玩。别基,你能跟我一块玩游戏吗?电脑上有很好玩的游戏。”

“下次再玩了,凯文,听话,今天星期六,别基已经在我们家待了快一天了,她还有别的事,该走了。爸爸跟你玩,好不好?”鲁捷生一边说,一边便关掉电脑。

凯文吊着脸,说:“你从来不跟我玩,只有别基跟我玩。”

鲁捷生看别基一眼，说："别基，实在很抱歉，占用了你几乎整个星期六。要不然，我想……我想……你今天晚上有什么事吗？如果没有安排，我想请你去看一场芭蕾舞，向你表示感谢，可以吗？旧金山芭蕾舞在美国也是很有名的。"

凯文猛然跳起来，大叫："好呀，好呀，别基跟我们一起看芭蕾。"

别基睁大眼睛，问："什么芭蕾舞？要去旧金山么？"

"对，我们晚上去旧金山看。"鲁捷生回答说，"柴可夫斯基的《天鹅湖》，全世界最著名的芭蕾舞剧。"

别基问："哦，是个舞剧，是个什么故事，是不是很复杂？"

鲁捷生迅速看了别基一眼，站起身，把电脑放回公文包，暗自叹了口气，然后说："舞剧不能讲很复杂的故事，我不必先对你讲，你一看就会懂。我们每年买季票，以前是跟金朗一起去。现在她不在了，票子多余下来，如果你能去，就太好了。"

别基仍坐在地毯上，望着鲁捷生，问："你很爱你的太太，是吗？"

鲁捷生在沙发上坐下，端起杯子，喝一口咖啡，停了停，才说："她为我贡献了一切，她的青春，她的身体，她的生命……人间没有一个人比她更伟大……"

别基问："她干什么？我是说，她活着的时候？"

"她是个小学教员……"鲁捷生没说完这句，喉咙好像一抖，忽然抬头看别基一眼，迅速补充，"她跟我在中国同一个大学毕业。她学数学，是高材生，比我功课还好。到了美国，她本来也考进了博士班，可是为了供我念法科，她自己辍学，去做小学教员，赚钱养家。我毕了业，又考律师执照，都弄妥了，她又生孩子，再没机会回学校念书了。虽然她只是个小学教员，在我心里，她很成功，比我更成功。”

别基说：“我可没觉得做小学教员有什么不成功。”

鲁捷生看看她，意识到坐在面前的并不是个中国人，根本没有必要为金朗是个小学教员而进行任何辩解。鲁捷生觉得不好意思，低头连喝两口咖啡，不再说话。

别基问：“我们去看芭蕾舞的话，凯文怎么办？还要找人看他吗？”

鲁捷生说：“他跟我们一起去，他每次都跟我们去，习惯了，不会吵，他爱看。”

别基说：“那么我给蓝斯打个电话问问。如果没有特别的事情，我跟你们去。”

鲁捷生听了，马上放下咖啡杯，拉着凯文，走出起居室，上楼到他屋里。别基便从沙发边的小台子上拿起电话，打给蓝斯。蓝斯不在，别基简短地留了个言。然后她上楼，到凯文屋里，说：“蓝斯不在，我留了言，我们去看芭蕾舞。”

凯文高兴地跳起来，抱住别基，说：“你跟我们一起去吗？太好了。爸爸很久没有带我去看了。”

鲁捷生刚从衣柜里把凯文往常听音乐会或者看芭蕾穿的一套小西装拿出来，放到床上，看着别基，说：“我们得先出去给你买衣服，看芭蕾不能穿你这样的衣服。”

别基低头看看自己身上的T恤衫，问：“看芭蕾舞还要穿特别的衣服吗？”

鲁捷生说："不是特别的衣服，但是要比较正式才行，不能穿T恤衫，牛仔裤，芭蕾舞啦，交响音乐会啦，歌剧啦，都这样。走吧。"

三人一边说着，匆匆忙忙出门，开车上街，到附近的购物中心去。他们没有很多时间逛，鲁捷生也只知道杰西潘尼一家店，便直接去了。很快买了一条深蓝色的绸长裙，胸前绣朵红色花朵，别基穿上很好看，显得身体修长匀称。然后又买了一双白色高跟皮鞋，穿起走路，身体更挺拔，摇摆妩媚。两个女店员看了，都拍手赞美，甚至还教导别基怎样梳理头发，盘到头顶上，才配合这一身礼服，临走时又在别基裙子纸包里放了一本杰西潘尼服装广告册，里面有一些发型，可以供别基参考。

已经四点半了，他们赶紧回家。在车上别基一直不说话，只顾翻看杰西潘尼店员送的那本服装广告册，研究头发样式。

一进家门，鲁捷生就对凯文说："你们刚洗过澡了，就换衣服吧。我得先洗个澡。我们六点钟必须出发，七点半才赶得到旧金山。"

别基忙说："你去洗吧，我给他换。"

鲁捷生点点头，上楼跑到自己卧室的洗澡间去洗澡，换衣服。别基领凯文到楼上洗手间洗了脸手，梳了头发，到他屋里，把床上鲁捷生拿出来的一身深棕色小西装，穿到凯文身上，又给他在脖子上套一个松紧带绑的红色领结。

这时电话铃响起来，别基想是蓝斯回她电话，急急忙忙跑下楼，赶到起居室，刚好这时留言机自动开启，电话里一个女声叽哩呱啦讲中国话，别基便不敢接听，转身重新上楼，回到凯文屋里，继续帮他扣好钮扣，又穿好棕红色小皮鞋，就算收拾停当了。

鲁捷生光着脚从卧室里走出来，头发还湿着，穿了一件白衬衫，一条黑色哔叽西装裤，两个手打着领带。

别基说："你们都好了，该轮我去弄头发，换衣服了。"

鲁捷生抬手看看手表，说："快点呀，五点多了。"

别基一边走进洗手间，一边说："只弄弄头发，哪里要一个钟头。"

可是她用了差不多一个钟头，仔细洗了脸，扑了粉，擦了胭脂，描了眉，梳了睫毛，画了眼圈，又在眼睛里滴了两滴洗眼水，觉得满意了，然后小心地穿好下午新买的深蓝色长裙，站在镜前一动不动，盯着自己看了半天，眼泪差一点流出来，赶紧拿手巾轻轻蒙住眼角，不让眼泪流出来，糊了刚化好的妆。从小到大，她从来没有穿过这样的衣裙，她从来没有见过自己穿上这样的衣裙是什么样子，镜子里的姑娘简直就像电视里的那些影星们一样，从十一二岁开始，她就怎样地崇拜那些影星们的美丽呵。

楼下起居室里鲁捷生打电话的声音，打断了别基的幻想。她看看手表，赶忙照着那本服装广告册，弄来弄去，把头发梳成辫子，然后盘到头顶，别上发夹，于是她露出了自己雪白的长长脖颈，真像电影里的贵夫人了。只是她颈上那串每天戴的小金链，实在不相配，可是也没办法，没时间回家了，就算回家她也没有配这件长裙的项链，她从来没有想到过她竟有一天会穿这样的裙子。

鲁捷生上楼来敲门，叫："快点，别基，再五分钟我们得走了。"

"好了，来了。"别基应着，赶紧弯腰从纸盒里拿出下午新买的那双白色高跟皮鞋，套到脚上，手指在鞋面上抹抹，又一次直起身，对着镜子照照，两手捧捧头发，然后转身开门，走出洗手间，走下楼来。

鲁捷生已经穿上了西装外衣和皮鞋，拉着凯文的手，站在客厅前的门廊里等候。听见楼梯响，两个人同时仰头望来。别基走下来，昂着的头，挺直的肩，高耸的胸，微翘的臀，都披着背后金灿灿的灯光，勾出一侧柔和的人影曲线。如果不是多年律师训练的自我控制，鲁捷生一定早已惊叫出声。多少年了，他不记得曾见过这样美丽的女人，也许在大学里，他爱上金朗的时候，有过相同的感觉吧。但那仿佛已经有一个世纪般的久远，逝去得无影无踪。

“好了，我们走吧。”别基的声音好像从天外传来，震响耳边。

鲁捷生一振，醒悟过来，发觉自己两眼直勾勾地盯着别基的脖子和胸脯，喘着粗气，像个呆子一样，实在丢丑。

别基站在鲁捷生面前，脸上飞红，两眼放光，望着鲁捷生，一手抹着裸露的脖颈，说：“就这里不配套，对不对？我知道。可是没办法，我没有像样的项链，没想到今天会穿这样的裙子。”

“你等等，我给你找找。”鲁捷生赶紧抓住这个机会，转身躲开别基，跑上楼，冲进自己卧室，到以前金朗的衣柜里寻找一条白色珍珠项链。

凯文在门口喊：“爸爸，快走吧，我们晚了。”

第四章

星期一整个上午鲁捷生都在法庭里辩论抢劫案。十一点三十五分，鲁捷生看见自己的法务助理薇拉小姐悄悄走进法庭，坐在听众席，显然是在等待自己。可是鲁捷生不能离开法庭，甚至不能分神，漏听辩方律师一句话。

终于辩方律师停止了讲话，十二点整，法官宣布休庭，大家吃午饭，下午一点继续辩论。法官把手里的小木锤一敲，然后站起身走出法庭。

鲁捷生回头看一眼后面的薇拉，匆匆收拾桌上的文件，装进皮包。

薇拉快步走到他身边，递给鲁捷生一张电话留言的粉色小纸条，说："凯文的学校刚打来电话，没有人去接他……"

鲁捷生一听，把桌上皮包猛一提，跟着薇拉跑出法庭，一边说："看来凯文的保姆误了，我马上给她打电话。能不能麻烦你立刻跑一趟，万一找不到那个保姆，请你把凯文接到办公室来……"

薇拉说："玛莉萨已经去了。她接了电话，问我，我知道你下午还要继续出庭，来不及去接凯文，玛莉萨就赶紧去了。"玛莉萨是鲁捷生的秘书小姐。

鲁捷生松了口气，说："谢谢你们。从这里到凯文的学校，跑一趟至少要半个小时，又是午饭时间，路上车多难走。实在抱歉，玛莉萨的午饭都耽误了。"

薇拉说："没问题，等她回来再多给她半小时午休就好了。"

"一小时，午休是一小时。"鲁捷生说着，走进办公室，把手里的皮包朝桌上一丢，顺手抓起电话，拨通别基住地的号码。

"哈罗！"是蓝斯接电话，懒洋洋地应答。

"哈罗，蓝斯，我是鲁捷生，"鲁捷生急匆匆地说，"请问，别基是不是在家，能不能跟她说句话？"

蓝斯忽然改变了声音，不再那么懒洋洋的了，而是粗暴地大吼："你他妈的有完没完，追着她不放手了吗……"

鲁捷生皱皱眉头，打断蓝斯的话，说："我没有时间跟你多说，我就是想问问别基是不是去接凯文了？"

蓝斯在电话另一头更加大喊大叫："她到哪儿去了，我怎么知道。妈的，自从认识了你，她就变了……告诉你，你他妈的再敢打电话到这儿来找她，小心你的狗头，我非砸扁了你的狗头不可！"

电话里听得出，蓝斯狠命地把电话一摔挂断了，震得鲁捷生耳膜嗡的一声。鲁捷生忙把电话拿开，然后放下。蓝斯乱吼一阵，到底也没告诉他，别基是不是到凯文的学校去了？

薇拉走进鲁捷生的办公室，说："第三条线，玛莉萨电话，学校没有你的书面许可，不让她带走凯文。"

鲁捷生忙拿起话筒，按下第三线键，说："哈罗，这是捷生。谢谢你，玛莉萨，用你的午饭时间，帮我这个忙。凯文好吗？在你身边吗？……嗯，好的，我知道，这是学校的规定，我没有想到会出这样的事情。请你耐心等等，让我跟校长讲句话好吗？谢谢。"

在等玛莉萨把电话交给校长的空当，鲁捷生对仍站在桌边的薇拉说："没事了，你去吃午饭吧，实在抱歉，耽误你很多时间。"

薇拉转身朝门外走，边说："我不出去吃午饭，你有事随时叫我好了。"

"谢谢……哦，你好，威廉姆太太，"鲁捷生对薇拉说完，忙又回答话筒，"是，我是鲁捷生，凯文的父亲，实在对不起，会出这样的事，给你们惹麻烦。嗯，我知道这是学校的规定……是，州里的法规，我从来遵纪守法。……是的，我知道，可是现在这种情况下，我们怎么办呢？我实在没有时间到学校去，不到半小时，我又得去法庭了，有官司要打。你知道，法庭辩论日程定了就不能改。这样行不行？我现在写一张临时书面许可，传真传到你们学校，你们今天让玛莉萨把凯文带到我办公室来，明早我送凯文去学校的时候，把这张许可的原件交给你存档，然后再正式填写一张他人领学生的许可表格。这样行不行？好，谢谢你的好意。给我五分钟，我就写好，用我办公室的信纸，有我的抬头在上面。"

鲁捷生讲了半天，总算说服了威廉姆太太，连忙放下电话，从桌上拿过自己办公室的信纸，匆匆写了几句话，签好自己的名，又读了一遍，叹了口气，站起来走出门，又转身回进屋，弯腰在桌上的电话卡轮上翻了一阵，找到凯文幼儿园的那张卡片，把学校传真机号码写在刚写的那张传真背后，再次跑出办公室，快步走到玛莉萨的办公桌前，把传真纸插进机器，照着号码按了键，听见对方铃响两声，发出讯号，按动传发键，看着传真纸慢慢走过传真机，最后长长一声滴，发过去了。鲁捷生从机器上抽出自己的传真纸，一边走回办公室，一边折好，放进外衣口袋，明天要记得带到凯文学校去。

经过薇拉办公室门口，薇拉问："捷生，都办好了吗？"

鲁捷生转头朝办公室里的薇拉笑笑，说："好了，我传真过去许可，他们就会让玛莉萨领走凯文了。"

薇拉说："快吃午饭吧，还有三十分钟，又要出庭了。"

"谢谢！"鲁捷生点点头，说着，走回自己办公室。

刚进门，听见电话扩音机里薇拉在说："捷生，第二线，玛莉萨电话。"

鲁捷生三步两步迈到桌边，抓起电话，按下第二线键，说："哈罗，这是捷生。玛莉萨，他们让你领走凯文了吗？"

另一头玛莉萨回答："答应了，鲁先生。可是我们还没走出校门，就碰上别基，她要带走凯文。学校见到别基，就不再允许我带人，坚持要让别基接走凯文。我想问问，你要我怎么办？通知学校，让我把凯文带到办公室去呢？还是让别基把他带回家？"

鲁捷生拿着电话，静默了半分钟，没有说话。他不知道，是不是还能信任别基？记得头一天伍德先生把别基带到他家时，就警告过他，别基没有多少责任的概念，不愿意承受任何压力，所以大学念好几年，到底念不完。可是过去这几天，她好像挺负责任，星期六也一早按时到家里来了。想着，鲁捷生眼前又现出别基和蓝斯的T恤衫，嗜血的狼头，破碎的音符，眉毛上的圆环，紫色的头发，这样的美国青年，玩世不恭，或者仇恨社会秩序，当然靠不住。

电话里玛莉萨急急地问："鲁先生，你还在吗？别基要把凯文带走了。她非要带走他不可，凯文也非跟她回家不可，怎么办？"

鲁捷生忙说："玛莉萨，请让我跟别基讲几句话，好吗？"

电话里听得到，玛莉萨把话筒伸出去，递给别基，说："别基，鲁先生想跟你讲几句话。"

没有回音，电话里一点声息都听不到。

过了几秒钟，玛莉萨对话筒说："鲁先生，别基不肯接你的电话。学校已经让她把凯文带走，出校门了。鲁先生，你怎么可以让这么个人看管凯文呢？她戴副太阳镜，脸上有点肿，也许是打了架，伤了眼睛，神情恍恍惚惚，别是刚吸过毒吧。"

"我想那也许还不会。"鲁捷生这样说着，可并没有一点信心。早两天，他曾经产生过一种勇气，那时他发现别基本质纯洁，并不像是个不可救药的青年，就把拯救别基当成自己义不容辞的责任。当时他感到自己很伟大，很自豪，也很有力量。现在看来自己实在很傻，很天真，看人都看不准，居然把别基看作一个值得信任的人，而且……说真的，他或许竟然对她有那么一点动心？真是可笑，也可耻。

玛莉萨的话打断了鲁捷生的沉思，说："威廉姆太太刚递给我一张账单，十一点半之后，凯文的额外看护费，我的天，每分钟一美元，这么贵，一共四十五美元。”

鲁捷生回答：“我知道，请你带回办公室来，我明早去学校付款。”

玛莉萨说：“鲁先生，从窗里看见，别基带凯文上她的车，你能放心让她开车带凯文回家吗？要不要我去把凯文追回来？”

办公室的门答答敲了两声，薇拉走进来，手里端了一个纸盘，上面放了一块三明治，一杯冰水，对鲁捷生说：“快吃，还有十五分钟就一点了，出庭不要迟到。”

鲁捷生抬头看看墙上的挂钟，叹口气，对话筒说：“算了，玛莉萨，让她去吧。谢谢你，赶紧去吃午饭吧，别急着回来，好好休息一个钟头。再见，玛莉萨。”

挂断电话之后，鲁捷生拿起薇拉送进来的三明治，却根本吃不下。他想了想，又放下三明治，抓起电话，拨通自己家的号码，铃响几声，没有人接。当然，别基还在路上，不会这么快就到家。他放下电话，想了想，又拨通薇拉办公室内线，说：“对不起，薇拉，过二十分钟，请你给我家里打个电话，确认一下别基带着凯文回到了家，然后到法庭来通知我一声。玛莉萨还没回来，只好麻烦你了，谢谢。”

安排好了，鲁捷生提起皮包，朝法庭走，心里想不通，别基怎么了？她真就那么不负责任？还是发生了什么意外的事？她为什么不肯跟自己讲电话？

星期六晚上，别基跟鲁捷生和凯文去看过芭蕾舞剧以后，回到沙加缅度，已经午夜，本来鲁捷生提议送别基直接回她家。可别基说她的汽车还停在鲁捷生家门口，她得开回去，星期天要用，于是他们三人一起回到鲁捷生家。凯文在车上，早已睡熟。到了家，鲁捷生轻轻抱了凯文，顾不得刷牙洗脸，直接送上楼，进他屋里，连灯也没开，放在床上，脱了外衣，盖上被子，让他睡了。等鲁捷生轻轻关了凯文屋门，再走下楼时，别基已经在起居室里脱下看芭蕾穿的长裙，换回她那件图案破碎的灰色T恤衫，一手提着杰西潘尼的纸袋，一手捧着那串白色珍珠项链。

鲁捷生说："饿了吗？要不要吃点什么？"

别基说："不了，谢谢，太晚了，我得回家去。"

鲁捷生看看墙上的挂钟，已经十二点半了，便点点头，说："是，太晚了，希望你今晚不失望。"

别基说："怎么会失望，我太满足了。我从来没有看过芭蕾舞，嗯，小时候在电视上看见过，今天是头一次看真人在舞台上跳芭蕾，真太动人，太美了，我从来没看过那么美的演出，谢谢你带我去享受这一场演出。"

鲁捷生说："如果你喜欢，以后还可以一起去看，我有季票，不去看也浪费了，我出差的时候，你也可以带凯文去。不过你得有时间，其实你也可以带蓝斯一起去，我们有三张票。"

别基马上摇头，说："不，不，那不可能。他只喜欢滚石乐，或者哥特，或者重金属，他痛恨一切古典艺术。"

鲁捷生看着别基，应道："哦？"他几乎问出来：那么你怎么会跟他要好呢？你能接受古典艺术吗？

别基接着说，好像在回答鲁捷生心里的问题："我也是今晚才头一次看古典芭蕾舞，听古典音乐。我以前没接触过，听蓝斯说，一切古典都是垃圾，我们只去滚石音乐会，或者雷夫舞会。今天才晓得，古典也有好的，美的。”

鲁捷生没有再说话，看来别基本来有一种理解美的天性，可惜生活在一个缺少文化的环境里，被蒙蔽了。鲁捷生忽然感到胸膛鼓动，一种强烈的责任感在他血液里激荡，他不能让别基继续沉沦下去，他得把一个美好的灵魂拯救起来。

别基向他伸出手来，说：“这是你找出来的珠链，还给你，谢谢你让我借用。另外——如果你许可，这条裙子放在您这里，行不行？我如果拿回去，蓝斯一定把它撕掉，那会让我心碎的。”

鲁捷生很伤心地看别基一眼，接过那串珠链，点点头，说：“当然可以，随你便，放哪里都行。”

别基便打开大门边挂外套的壁柜，把那个装长裙的纸袋举起来，放到头顶的架子上，说：“放这里就行，不必占用你们的衣柜。”

鲁捷生说：“这种衣裙一定要挂起来，放纸袋里就皱了。”

别基说：“我不好意思挂进你们卧室的衣橱里，明天我来把它挂到凯文房间的衣橱里去好了。”

鲁捷生说：“不是明天，是后天，星期一。你最好现在就去挂，凯文不会醒的。”

别基笑了笑，又把纸袋从衣橱里拿出来，把自己心爱的长裙提出纸袋，拿手理一理，便小心地提着，轻轻走上楼。过了一会儿，空着手走下来，把还装着皮鞋和商店手册的纸袋重新放进大门口的壁柜，然后转身朝鲁捷生笑笑，说：“你看，女人是不是很麻烦，对不起。再见，鲁先生，我走了。”

“再见。”鲁捷生在门口说完，看着别基走下台阶，开上车走了，才回进屋关了门。

别基直到过了一点才回到自己的公寓，蓝斯没在，没给她留条子，也没在电话上留言，想是生气了，一个人跑出去散心。这不是头一次，以前也发生过，蓝斯一生气，就跑出去，一夜不归。别基打开冰箱，拿出一瓶可乐。她知道到哪里去寻找蓝斯，以前每次发生这种情况，她都能顺利地找到他，而且把他哄得回心转意。可是不知为什么，今夜别基稳稳坐在厨房里，慢慢喝着可乐，一点不急，根本没有一点想去寻找蓝斯的念头。她不感觉到累，从高中起，她经常周末跳舞玩乐，通夜不睡。坐了一会儿，她站起来，拿着可乐，推门走上阳台。

天是墨样的深蓝，好像刚才她穿的那条长裙，无数星星闪烁，就像长裙丝绸在灯下飘荡发出的点点亮光。别基趴在阳台的铁栏上，扬着脸，任夜风吹动她的长发，猛烈飞舞。她眯着眼，从眼缝中张望面前夜空下的都市，黑洞洞的楼影，淡黄的窗口，偶尔一辆汽车驶过，雪亮的车灯扫射一下，又消失了。别基心情很好，觉得眼前所看到的一切，都很美，充满柔情。她闭起两眼，好像感到有一只白色的天鹅，从自己的胸口轻轻升起，然后展开双翅，向天穹飞去，那么美丽，那么轻盈，那么温柔。她觉得心头暖暖的，迷迷蒙蒙的，一个眼角忍不住渗出一滴泪来，沿着面颊缓缓流下。别基举起手，轻轻擦去那滴泪，叹口气，睁开眼睛，然后转身回屋，静静躺到沙发上，望着窗外的星空，很久很久，然后慢慢陷入梦乡，在一个美丽的天鹅湖畔。

她一直睡到星期天中午才醒，蓝斯不知什么时候回来了，她一点动静也没听到，想必他又喝醉了，或者又用了什么毒品，人事不知，被别人送回家，进门就丢在地板上，昏死十个钟头。别基从沙发上起来，走过屋子，跨过蓝斯的身体，进洗澡间，美美冲个淋浴，吹干梳理了头发，裸着身子跑回卧室，在衣柜里翻来翻去。找了半天，没有找到一件满意的 T 恤衫，只好干脆找一件纯白的布衬衫穿上，下面套一条绿色裙子，光脚拖了一双高跟木拖鞋。然后满屋到处找寻一遍，把两个人所有换下来的衣服都丢进洗衣筐，两手抱了，出门下楼，到公寓洗衣房，分浅色深色两锅，分别放进洗衣机，各塞七毛五硬币，让两个机器同时都转动起来。然后走出公寓楼，开车去超级市场买菜。这是每周末她都要做的事，通常是星期六做，可昨天她到鲁捷生家去了，只好今天做。

等她买好东西，两手抱两个大纸袋回到公寓洗衣房，那两锅衣服都洗好了。她在长条台子上放下食品袋，把洗好的衣服拿出来，放进两个烘干机，各塞两毛五硬币，又让机器转动起来。然后抱起两个食品纸袋，上楼回到自己单元。推门进去，蓝斯自己爬到沙发上去了，显然他醒过一次，肯定也看出她回来了，可仍然昏睡不醒。

别基还是不理他，自己到厨房，开冰箱门，收拾好刚买的食物，拿一块比萨饼开盒，放进烤箱里，调好四百五十度，对好十五分钟时间，上了自动关机。便又出门下楼，到公寓洗衣房，等了两三分钟，两个烘干机都停了，她把所有的衣服都拿出来，放在洗衣筐里，抱着上楼回家，进到卧室，一件件叠起，放进衣柜。

这时听见厨房里烤箱发出长长的滴声，有点刺耳，通知烤箱已经自动停了。别基没有理会，继续叠衣服，让烤箱余温再烤片刻。

“烤箱停了，你管不管？”蓝斯猛吼一声。他被烤箱叫声惊醒，一肚子火。

别基走出卧室，不理他，直接拐进厨房，打开烤箱，取出比萨饼，放在台子上切。

蓝斯还躺在客厅沙发上，大喊大叫："你怎么啦？别基，不要理我了吗？一夜不归。"

别基在厨房里说："谁一夜不归？我给你打电话，你不在，我留言，告诉你我干什么。你出去一夜，可一个字都没留给我。"

"我能去干什么？"蓝斯忽然冲进厨房，站在别基身后，朝着她的耳朵继续喊，"你知道我去哪儿？去干什么？不像你，忽然之间要去看什么他妈的芭蕾舞，升天了呀？"

别基说："看芭蕾舞有什么不对？从来没看过，看一回，看新鲜，还不行吗？再说，也没有什么不好看的。"

蓝斯手抓起一块比萨饼，咬了一口，嚼了几下，满口饭，张嘴喊："是呀，会欣赏古典的了，很好看呀。你以为认识了一个律师，就能爬到上流社会去了吗？做梦去吧，别基。"

别基说："跟你说了，他只觉得占用了我的星期六，不好意思，请我看一场芭蕾，表示感谢而已，也是好意，不接受不礼貌吧。"

蓝斯仍然嚼着满口饭，说："哟，可会讲礼貌了，成贵夫人了。别忘了你是什么出身，不过是个乡下佬，高中也是混过来的，不是我帮你改分数，你中学也毕不了业。二十五岁了，大学才念二年级，就想跟律师们一块混了？人家几句好话，就昏头了？你以为他们会看得起你吗？他们只是利用你，你还真把自己看成公主了？"

别基慢慢坐下来，听蓝斯说话，呆呆地一动不动，脸色越来越沉下来。

蓝斯得意了，在厨房里走来走去，扬着头，说："好呀，行呀，往上混哪，你看看哪个律师会跟你好，跟你成家？那个鲁先生吗？他将来要做加州总检察长，还要做州长，做联邦大法官，也许还会到华盛顿去做联邦司法部长，官大啦，他会看得上你？你一厢情愿，就等着吧，等一辈子！也不撒泡尿照照，你那副德性，你那一脑袋糨糊，天下会有谁看得上你？告诉你吧，这个世界上，除了我，没人愿意跟你这么个废物结婚？这么多年我好心好意待你，你动不动就变心了，不知好歹的王八蛋……"

别基忽然把头埋进桌上的臂弯里，猛烈地痛哭起来。蓝斯说得不错，她从上高中开始，一心只想找个男朋友，将来结婚成家，根本没心思念书，老师同学都看不起她，笑她是个废物。高中四年，她交过好几个男朋友，都是好一阵子，幽幽会，做做爱，就散了。原因都在她，她不管跟哪个男生，只要睡过几次以后，就会提出结婚的要求，那个男生马上就会吓得半死，只怕离她不够远。最后只有蓝斯一个，不嫌弃她，爽爽快快答应她：只要她死心塌地跟着他，他一旦事业成功，有了经济力量，就跟她结婚。因为这个诺言，六年来别基时时刻刻事事处处按照蓝斯的心愿做，什么都不顾，只想讨蓝斯欢心，等着将来结婚成家的一天。

厨房里，蓝斯还在继续辱骂她："才到律师家里去看了两天小孩子，就觉得自己是上流人了？要穿白衬衫了？啊呀，多正派呀。不过是个小保姆，一个钟头五块钱，最下贱的活儿，可打扮什么呀……"

别基突然跳起来，冲出厨房，跑进卧室，动手撕开自己身上的白衬衫绿裙子，大声哭着，从衣橱里拉出一堆刚叠好的T恤衫，丢得满地都是，痛哭着，团团打转，不知要换哪一件。

蓝斯跟着跑进来，看见别基裸着身体，痛哭流涕，忽然心动，便上前把别基抱住，猛烈地亲吻她的脸和嘴，最后两个人倒到床上，狂暴地做了一阵爱。然后昏昏睡去，醒来时天已经黑了。

两个人吃了一顿比萨饼，又穿上黑色哥特图案的T恤衫，像以前一样，到镭夫舞会闹了一夜，喝了无数的酒，也吸了几回毒。蓝斯吸可卡因，别基只吸大麻，她受不了可卡因。直到早上四点多钟，两个人才回家，又爬到床上做了一回爱，睡着的时候，已经快六点了。

十点整闹钟响了，别基星期五上好了的，怕去学校接凯文迟到。两个人都被惊醒，才睡了四个钟头，加上一夜的酒精麻醉和毒品焚烧，头脑里一团混乱，怪相凌乱。蓝斯伸手抓住闹钟，猛力往墙上砸过去，把闹钟摔了个粉碎，然后两个人又昏睡过去。一直到十二点多，鲁捷生打电话来，蓝斯接了暴跳如雷，大骂不止，才使别基清醒过来。

蓝斯骂过以后，又昏死过去，毒品还在他神经中起作用。别基却醒了，她爬起来，什么都没想，昏昏沉沉，机械般地穿好衣服，出门去凯文的学校。开着车，窗口风一吹，她更清醒许多，便在倒车镜里看看自己。出门前没洗澡，腋窝里黏黏的，头发蓬乱，她拿手理理，还不平整，顺手在旁边座位上抓起一顶肮脏的便帽，扣在头上，藏起乱发。脸浮肿着，眼圈乌黑，眼神昏乱，只好从旁边抽屉里拿出一副墨眼镜戴上，遮盖一下。虽然晚了，总算还是接到凯文，回到鲁捷生家，赶紧浓浓煮了一壶咖啡，连喝两大杯，别基才基本恢复了正常。

晚上，不管鲁捷生心里多急，他还是不得不加班到八点多钟才离开办公室，回到家已经八点四十分了。天上月亮几乎全圆了，很大很亮，鲁捷生可以看见，别基的车子停在门外，可是家里没有一间屋子有一丝灯亮。他知道这时间凯文早已睡了，难道别基也走掉了吗？鲁捷生想着，把车停进车库，下车走出来，专门到别基的车子前看看，确定是别基的车无疑，那么她没有开走她的车，她真有点什么不对，连车也不能开了？她该没有把凯文也带走了吧？

鲁捷生简直有点胆怯了，站在路边，望着黑洞洞的自己家房子。他怕开门之后，发现找不到儿子了。可是拖延也不是办法，他只好鼓足勇气，慢慢走到门口，伸手拧动把手，门锁着。他放下公文包，掏出钥匙开了门，又提起公文包，迈步进去，顺手在门边拧亮门廊的灯。

眼前所能见到的地方，一个人影也没有。鲁捷生在身后关住门，就在脚边放下公文包，然后急走到起居室，借着门廊一点灯光，探头张望，这才看见别基的背影。她不会听不见自己进门的动静，可仍然一动不动地站在后门外，望着后院。后院里，明亮如水的月光下，看得见自动旋转的龙头喷着水，绕着圈浇灌草地。看见别基在家里，鲁捷生觉得放了心，顾不上跟别基打个招呼，先忙着跑上楼，赶到凯文房间，轻轻推门进去，到床边弯腰看儿子，摸摸他额头，亲亲他脸蛋。凯文哼一声，翻个身，继续熟睡。鲁捷生又看了一会儿，然后轻手轻脚走出屋子，关紧了门，下楼到门廊提起公文包，重新回到起居室。

别基刚到后院去移动了水龙头的位置，正走进屋来，也不看鲁捷生一眼，径直朝大门口走，说："你回来了，我走了，等会儿记着关院子里的水龙头。"

"你等等，"鲁捷生说着，坐到沙发上，把公文皮包放到膝盖上，从里面取出支票夹打开，垫着公文包急急忙忙写支票，一边说，"这是你这几天的工钱，加班按加班算的，你拿走吧，明天不要再来了。"

一个下午，鲁捷生的感觉极度混乱，搅动着对凯文的担忧，和对别基的愤怒。他自己也搞不清楚，为什么别基迟到一次，会燃烧起他如此之大的火气？以前雇来照看凯文的保姆，也有过这样那样的闪失，甚至也有接凯文迟到的情况，鲁捷生当时都急过一阵就算了，不是自己的孩子，谁会像亲生父母那样操心呢。可是今天，他格外地恼怒，好像别基犯了天大罪过。回家路上，他在脑里算清了别基来照看凯文的所有小时数，该付的薪水，决心从此让别基走路，他再也不要见到她，他不能饶恕她。

就在他撕下支票的那个瞬间，他心里突然一紧，好像十分失落，十分悲伤。他把支票丢在咖啡桌上，不敢抬起头来看别基一眼。他突然明白了，他曾把别基看成与其他保姆不同的人，他愿意别基是一个不同平常的人，他对别基充满一种希望，巨大的希望。可是现在他失望了，他感到自己遭到别基的背叛和伤害，所以他特别难以忍受，心里千头万绪，乱作一团。

别基站着，没有到咖啡桌上来拿支票，问："怎么？那么谁来看管凯文？"

鲁捷生干笑一声，把公文包放到地上，说："你吗？让你看管，跟没人看管有什么两样？别基，你真让我感到失望，深深的失望。”

别基停了一下，说：“对不起，今天我迟到了。不过凯文反正是在学校里，总有人看管着，晚一点去接，也不会出事。”

鲁捷生站起来，说：“说得好轻巧，你知道吗？学校放学，家长不按时接孩子，迟到一分钟就是一块钱。你今天这么误一下子，四十五分钟，我就得付四十五块钱……”

别基打断鲁捷生，提高声音，说：“算了，不就是几十块钱嘛？你至于发这么大脾气吗？我今天不收你的钱好了，赔你这几十块，行了吗？我也有自己的生活，OK？我不是工作机器。”

鲁捷生冷笑一声，说：“你是工作机器？你还配这样称赞自己？别自我感觉那么好。你连最起码的责任心都没有，还会成为工作机器？你恐怕一辈子不会懂得工作的意义。”

别基说：“请你讲话客气一点。我给你照看孩子，可不是你的奴隶，不允许你随便污辱我的人格。”

鲁捷生听到这句话，愣了一下，踱了两步，又挥挥手，说：“不要告诉我该做什么，不该做什么。这个世界上的人都死完了，也轮不到你来教训我。告诉你，别基，我从来不听失败者的任何一个字。”

别基满脸通红，眼里冒火，气急地问：“你说什么？捷生，你说什么？我怎么是失败者？你成功，你伟大，你有多么了不起……”她喉咙噎住，说不下去了，只好停下来。

鲁捷生哼了一声，说：“我当然并没有什么了不起，可是我至少大学毕了业，至少拿到法学位，至少有个固定工作，有自己的事业。你呢？别基，你呢？除了失败，你有什么？你的一生里，曾经有过成功吗？将来会有成功吗？你连起码的责任心都没有，你一件事都做不成功，你有什么资格在我面前讲话。”

别基站着，呆着，只觉气短，嘴张不开，一句话都说不出。这些凶狠的言语，她从来没有听人讲过，她心里感到疼痛、恐惧，和混乱。

鲁捷生喘了一口气，接着说：“你想过没有？你照看的，不是一辆脚踏车，不是一只小猫，而是凯文，我的儿子，一个人。脚踏车没有看管好，丢了坏了，就算了，再去买辆新的。小猫没有看管好，丢了，找不回来了，心疼，也还能过去。如果凯文丢失了，或者出了别的什么问题，怎么办？能算了吗？能去换个新的吗？你想过没有，别基？世界上很多东西可以失而再得，只有人的生命，一点马虎不得……算了，你走吧，跟你说这些也没有用，如果你懂得这些，也不会是今天这样子。一次失败者，永远失败者。”

别基不再听，猛然转身，默默走到大门口，拧开门把手，又站住，回过头来，说：“有时间的话，多跟凯文一起玩玩，他很……他需要得到爱。”说完，她便迈出门去，在背后关住了门。

鲁捷生站着发呆，被别基这两句话深深震动。听到大门关紧，他徒然坐倒在沙发里，两手抱住头，感到自己的心在往下沉坠，落入万丈深渊。也许自己的话说得太重，到底她不过才二十五岁。可二十五岁不小了，在中国早做几个孩子的妈妈了，她难道还可以如此不懂事吗？无论如何，她走了，离开了，在他的生活里闪现了一下，便突然消失得无影无踪。他再也见不到她，不是她自己要走的，是他粗暴地将她驱赶出他的生活。

咖啡桌上，他开给别基的那张支票还躺在玻璃桌面上，他伸手拿起来，在眼前看着，也许还有最后一次机会，再见她一面，给她送去这张支票。鲁捷生这样想着，把那张支票折起来，小心地装进衣服口袋，心里渐渐稳定，这才忽然听到后院哗哗的浇水声，想起别基安顿过的话。他站起来，推开后门，到后院去把水龙头关上。然后进屋上楼，轻轻走进凯文的房间，坐到床边，替儿子拉拉身上的毛毯，借着门外透进的一点光，默默地看着儿子熟睡的脸，看了很久。

第二天中午，鲁捷生又像从前一样，亲自到学校去接凯文。

“别基呢?”凯文问。

鲁捷生说:“不用她来接你了。爸爸现在工作没有那么忙，爸爸在家陪你玩，好不好?”

凯文不觉得高兴，说:“为什么别基不来了? 她不要来了吗?她生我的气了? 你叫她来，我对她说对不起，行吗?”

鲁捷生开着车，从倒车镜看看后排的儿子，说:“她没有生你的气。不过爸爸这几天下午都不必上班去，爸爸在家跟你玩。我们回家吃了饭，下午去河里开船，好不好? 我们只看过别人开船，自己还从来没开过，对不对? 你现在长大了，胆子大了，我们可以去开船了，对不对?”

儿子这才高兴起来，父子两人下午到运河公园，租了小船和救生衣，开了一个钟头船，又在公园里玩了三个多钟头。夏日天长，六点钟了，天还不黑，他们在一家汉堡王快餐店吃过晚饭，开车回家。然后鲁捷生给凯文洗了澡，换了睡衣，在床上念了几本书，安顿凯文睡下。鲁捷生拉闭窗帘降低屋里亮度的时候，凯文忽然问:“爸爸,明天别基会来吗?”

鲁捷生心里一紧,他真不知道明天该怎么办。他手上的那个抢劫案,被告马丁忽然同意接受自动认罪的提议,不必上法庭辩论,作检察官的取证负担就不那么重了,但也不能天天下午不上班吧。他继续拉严窗帘,想了想,说:“睡吧,明天再说。”

“我爱跟别基一起玩,我想她了。”凯文嘟囔着,翻过身去。

鲁捷生默默走出凯文房间,虚掩上门,下楼回到自己书房。他下午陪凯文玩了半天,所有的工作当然都得晚上补做。刚从公文包里拿出几份卷宗,放到桌上打开,他忽然看见桌上电话留言机的小红灯一闪一闪,便伸手按动收听键,头一个留言是姐姐,告诉他在电子邮箱里收到了他寄的几张照片,问他是不是一切都好。鲁捷生听完,撇撇嘴,看看墙上挂钟,加州八点就是东岸十一点,打电话过去已经太晚了。第二个留言,是办公室法务助理薇拉的,告诉他马丁的辩护律师路易先生刚打来电话,马丁又改主意了,不愿接受自动认罪,所以还得准备出庭辩论。鲁捷生还没听完就急了,看看留言机上记录的时间,薇拉下午两点钟打来的电话,他们刚好在公园里开船,可是这么要紧的情况,她为什么不打他的手机,他一下午都带着手机的。

“真误事。”鲁捷生自己嘟囔,从衣袋里掏出带了一下午的手机,才发现手机一直关闭着。而手机上的留言通报灯也亮着,就是说有人给手机打了电话,留了言,那一定也有薇拉留的言啦。他顾不上再听手机里的留言,抓起电话,拨到薇拉的办公室,铃响了四次,没人接,留言机卡喳响一声启动了,薇拉的留言问候让鲁捷生恢复了意识。八点多,薇拉早下班回家了,找不到她。鲁捷生不愿意这么晚打电话到薇拉家里，讨论办公室工作，晚上时间属于薇拉个人。

怎么办？离出庭辩论还有两星期，虽然他们原本一直打算出庭辩论，准备已经相当充分，可总还得忙这两个星期。鲁捷生做加州副检察长四年，起诉过不知多少案件，可每次出庭辩论，他仍然总感到巨大的压力，他懂得不管自己觉得准备得多么充分，总会有什么最后一分钟的意外可能，所以不论案子大小，只要出庭辩论，他从不肯有一点马虎，绝不依赖于辩方失误的任何侥幸，也因此他出庭辩论的成功率比别的检察官都高得多。鲁捷生从桌上的卷宗里找到那件案子的档案，拿到面前翻开，检查一遍早先订好的日程，在几个日期上划了红线，各打个问号。然后一手托腮，盯着几个问号发呆。

有什么别的办法吗？他眼下绝不可能马上找别人帮忙，只好再回过头去请求别基。所有以前照看过凯文的保姆当中，只有别基好像真的关心凯文，凯文好像也只喜欢别基一个，可也就是别基最不负责任。他昨天晚上才把人家姑娘骂一顿，赶走了，今天怎么有脸再打电话去请她回头？就算别基不在乎，他鲁捷生老大的人，好意思吗？

鲁捷生抓起电话，想了一想，拨通总检察长伍德先生办公室的电话，平常日子这个时间伍德先生总还在办公室。铃响三次，没等伍德先生接起话筒，鲁捷生又迅速把电话挂断。他打算跟伍德先生说什么呢？告诉人家，他把别基骂了一顿，赶走了？告诉人家，他现在又需要别基回来帮忙，想请人家去说个情？都是几十岁的人，不管做什么事，该自己负责，找别人干什么？鲁捷生又想了想，毅然拿起电话，迅速拨通别基的电话号码。

“哈罗，是别基吗？我是捷生，慢，请你不要摔电话，听我说几句。非常对不起，我昨天晚上说了许多伤你心的话，请你相信，那些话并不是我的原意。你知道，我担凯文的心担了几乎一天，头脑都昏了，请你原谅我……”

第五章

第二天中午，别基又按时到幼儿园，接到凯文，一同说说笑笑走出校门，不想迎面碰上鲁捷生。

"鲁先生，你在这里做什么？"别基惊讶地问。

鲁捷生手里摆弄着车钥匙，说："你好，别基。"

别基忽然伸手把凯文推到鲁捷生跟前，满脸怒气，说："你不放心我，准备自己接走凯文，对不对？那好，既然不信任我，干吗还叫我浪费时间，你自己看管儿子好了。"

鲁捷生急急摇手，却止不住别基，直等她说完，才忙说："不是，不是，别基。我专门来带你去吃一次午饭，向你表示道歉。"

别基歪着头，望着鲁捷生不说话。她不大相信这话，律师与常人的最大不同，就是脑子转得快，谎话张口就来，面不改色心不跳。

鲁捷生举手一指，说："你跟着我走，那边不远有一家不错的中国自助餐店叫中国王，午餐时间人总是很满，我打电话订了座位，我们最好赶紧去，别过了时间。吃完以后，你带凯文回家，我回办公室。"

别基还是犹犹豫豫，又不能不信，问："凯文坐你的车，还是我的车？"

凯文马上说："我跟别基走。"

鲁捷生点点头，说："当然，当然。"

别基笑了一下，再不跟鲁捷生说话，领着凯文，转身朝停车场走。鲁捷生站着，望着他们的背影，才看出别基今天变了样。她没有穿以前常穿的那种肮脏颜色丑恶图案的T恤衫，而是穿了一件雪白平整的衬衫，一条绿色的百褶裙，朴素大方，青春洋溢。她耳朵上只戴了一对耳环，其他几个五颜六色的环都拿掉了。脚上甚至也没有穿那双木头的高跟拖鞋，正经八百穿了一双凉鞋，走路一颠一颠。

他们开了两辆车，一前一后到了中国王自助餐店，绿檐红门，里面像个大食堂，摆了许多桌椅，果然几乎坐满，门口还有十几个人排队，熙熙攘攘。鲁捷生领着别基和凯文从人群中走进去，到前台说："鲁先生，三位，订了座。"

领座小姐查了一下台子上的订座本，说："鲁先生，请这边走。"

到了窗口一个火车座，别基看见桌上放了个小牌，上写"预订”二字，只好相信鲁捷生确实先订了座位，诚心带她和凯文来吃午饭。

领座小姐把订座牌从桌上拿掉，手一摆，说：“鲁先生，请。”

鲁捷生张手招呼别基，又问凯文：“你跟爸爸坐呢？还是跟别基坐？”

别基看看鲁捷生，拉拉凯文，说：“跟我坐吧，爸爸坐得舒服点。”

凯文转着头，看着旁边桌上的人，说：“我要吃蛋糕。”

鲁捷生说：“不行，先要吃饭，吃完饭才许吃蛋糕……”

一个服务员走过来，手里拿着笔和纸牌，问道：“请问，要什么喝的吗？”

鲁捷生说：“我只要冰水，别基，你喝什么吗？”

别基摇头说：“我也只要冰水。凯文呢？也喝冰水吧。”

鲁捷生对服务员点点头，说：“三杯冰水就好了。”

服务员点点头，在纸片上写了几个字，走开了。

别基说：“中国自助餐馆怎么还要点饮料？美国自助餐馆，饮料也是自己去拿。”

鲁捷生说：“那有什么奇怪，否则他们靠什么赚钱？跟麦当劳一样，汉堡包便宜，可饮料奇贵，所以还是赚你的钱。”

别基说：“所以虽然是自助餐，饮料钱要另付，对吗？而且他们来点饮料，所以也算提供了服务，等会儿还得留小费啦？”

鲁捷生说：“对，中国自助餐馆也得留点小费，人家给我们点饮料，也收盘子，总还是服务了。刚到美国时，我也在餐馆打过工，所以我在餐馆吃饭留小费从来不犹豫。”

三杯冰水送来了，分别放在三个人面前，每杯里的吸管头上还扣着一寸长的吸管纸袋，以表示保持卫生。

鲁捷生拿掉吸管上的纸袋，吸了一口冰水，说："别基，我们赶快去拿饭菜吧，午饭没有很多时间……"

刚说到这儿，他衣袋里的手机响起来，他拿出电话来，按了键，放到耳边接听，说，"哈罗，我是捷生，什么事？"

别基和凯文都不走了，站在桌边，望着鲁捷生。

听了不到一分钟，鲁捷生答一声："我马上就到。"便收起电话，装进衣服口袋，对别基说："实在对不起，我得马上走。你们两个人吃吧，这样也好，你们不用再着急了，可以慢慢吃，多吃点，你们的帐我到前面去付了。但愿……我下午工作简单些，晚上也许可以早点回家。"

鲁捷生说完，急急忙忙到门口前台付了别基和凯文两个人账，开车走了。别基和凯文在餐馆里磨了一个多钟头，吃了好几种饭菜，甚至吃了点蒙古烤肉，又吃蛋糕，还吃了一堆果冻，然后才回家。别基在路上到公立图书馆停了一下，给凯文借了几本图书。

车子刚转进小圆圈弯道，别基和凯文两个人便同时看见家门口站着一个中年女人，看上去有四十几岁，别基不敢肯定，东方人看着总比实际年龄年轻些。她剪个齐耳短发，戴副方框黄边眼镜，耳上没有耳环。挺热的夏天，她穿灰色长袖衬衫，外面套件毛衣坎肩，手臂里还搭着一件土黄色夹克制服，好像怕突然变天。咖啡色的长裤，裤线烫得笔挺，脚下是一双黑色软底皮鞋。脚边放了一个衣箱，一个提袋，注视着他们在门口路边慢慢停下来的车子。

别基走出来，到车后排座位，一边给凯文解开他的小车座安全带，一边轻声问："凯文，那是谁？认识吗？"

凯文从小车座上下来，朝外看着，回答说："不认识。"

两个人一起转身往门口走。别基大声问："请问，你找谁？"

那女人不理会别基，弯下腰，满脸笑，看着走上台阶的凯文，用中文叫："啊呀，凯文，长这么高了呀？不认识姑姑了吗？快过来，让姑姑看看。"

别基听不懂，可是猜出那是鲁捷生的姐姐，忙陪着笑，推凯文，说："那是你的姑姑吧？快过去，叫姑姑呀。"

凯文缩在别基身后，抱着她的腿，不肯过去。

女人只好站直起来，扶扶眼镜，看着别基，用英文说："鲁婕怡，捷生的大姐。"

别基走到跟前，也自我介绍说："别基，凯文的保姆。"

鲁婕怡上下打量一番别基，松了口气，嘴里嘟囔说："我说他家里一定有什么不一样了，原来是……"

别基没听清鲁婕怡说什么，开了门锁，帮忙鲁婕怡把衣箱提进房子，然后又问："你刚才说什么？怎么回事？"

鲁婕怡进了房子，转头打量一下屋子，把手臂里的制服外衣挂进门边衣橱，说："没什么。他一个人，怎么也不会想到给我寄一大堆照片，准是有什么不对头了，所以我赶来看看。"

别基把衣箱和提包拿进起居室放下，动手收拾前一天鲁捷生在沙发和咖啡桌上乱丢的报纸杂志和水杯，一边问："那么你从东岸来，刚下飞机吗？鲁先生好像不知道你要来，没有对我讲过。"

鲁婕怡还站在大门口，弯腰脱着自己的鞋子，一边回答说："我没有告诉他，要来个意外，看看他到底怎么样？我以为他有了个新的女朋友，却不跟我说。"

凯文早跑上楼，回自己屋里去了一趟，又举着一个直升飞机模型跑下来，大喊："别基，你看，昨天爸爸给我买的，我们到后院去放，飞得可高了。"

"怎么门口不放拖鞋让人换呢？"鲁婕怡穿着袜子，在大门口转了几圈，没找到拖鞋，只好往里走，到楼梯口，正碰上凯文冲下来，忽然瞪着眼睛，叫："凯文，你怎么进屋鞋也不脱了呢？脏鞋子满地乱跑，了得吗？快脱鞋！"

凯文扭头看了鲁婕怡一眼，跑到起居室里别基面前，抬脚让别基把鞋子脱掉，然后蹦跳着，继续叫："快，别基，我们去放飞机。"

"来了，来了。"别基也赶忙脱下自己的鞋子，跟着凯文，一前一后，跑过起居室，拉开玻璃门，冲进后院草地上去。别基接过直升飞机，拉紧橡皮筋，然后一放，把直升飞机放上天。螺旋桨飞速转动，直升飞机在空中盘旋。凯文跟着跑，拍手大喊。

鲁婕怡上了楼，到客房壁柜里找出一双拖鞋穿上，又下楼来，到后门口，隔着玻璃门往后院只一看，便又皱紧眉头，拉开玻璃门大叫："你们怎么搞的？鞋也不穿，光着脚在院子里跑？脏死了。"

别基继续跟着凯文跑，笑着说："没关系，我们从小就光着脚在草地上跑。"

"野人。"鲁婕怡更生气了，用中文嘟囔一句，又提高声音，用英文喊："光脚在院子里跑，扎了脚怎么办？在外面跑，要穿鞋。"

别基只好招呼凯文:“凯文,我们进屋去把鞋子穿了,再出来玩。”

凯文答应着,领先冲进屋子,别基跟在后面,也跑进屋。

鲁婕怡又大叫:“站住,不许动。刚在外面跑了半天,那么脏的光脚板,又到屋里乱跑吗?站着不许动,我给你们找两双干净拖鞋。”

凯文大喊:“一会儿穿鞋,一会儿脱鞋,麻烦死了。”

别基也觉得实在不能忍受,便嘟囔说:“有什么了不起的呢?脚脏了,洗一洗,地毯脏了,吸一吸。总不能为保持干净,什么都不干,路也不走,整天呆坐着吧?”

鲁婕怡正上楼去,没听见别基的话,过一会儿拿了四双拖鞋,下楼来丢在别基和凯文面前,说:“穿上吧。”

没有办法,别基只好老老实实穿上一双拖鞋。凯文也照样穿上另一双,然后把别基一拉,转身又冲出门,跑进后院,叫:“我们接着放飞机啦。”

鲁婕怡发疯一般,挥着两手,大叫:“回来,回来,那是在屋里穿的干净拖鞋呀,怎么穿着跑到外面去呢?又弄脏了呀,回来,回来!”

别基皱紧眉头,盯着鲁婕怡,猛喘了几口气,压住心里的火气,尽量缓和地说:“孩子要玩,让他放开了去玩吧,不要这样那样限制好不好?脚脏了,等会儿我给他洗。地毯脏了,等会儿我来吸……”

凯文穿着拖鞋在草地上奔跑,脚下一绊,跌倒在草地上。

“啊呀!”门里面鲁婕怡惊叫一声,打断别基的话。

别基甩掉脚上拖鞋，又光脚走出去，可并不去扶凯文，站在一边，问："摔疼了吗？快，自己起来，我又要放飞机了，看你追得上追不上？"

鲁婕怡在门里忙着脱下屋里穿的拖鞋，换上屋外穿的另一双拖鞋，然后急匆匆赶到后院里，一边嘴里不停喊："啊呀，凯文哪？摔疼了吗？快，让姑姑抱抱来……"

凯文早已自己爬起来了，哪里要鲁婕怡抱，甩掉拖鞋，又光着脚，喊叫着，去追赶天上旋转的直升飞机。

鲁婕怡走过去，拾起草地上凯文甩掉的拖鞋，一手掸着，看着凯文，说："你看，摔一身泥土，还这么跑。"

别基跟着凯文奔跑，对鲁婕怡说："你别操心了，玩过以后，我给他洗。"

鲁婕怡叹口气，转过身，又叫起来："你们怎么搞的，玩具啦，球啦，脚踏车啦，怎么都这么乱丢在院子里？"她一边叫，一边忙不迭赶来赶去，一样一样把院里的东西都拿起来，送到屋门口。

凯文停了脚步，站在那里，看着鲁婕怡，不知她忙些什么。

别基也站住了，问鲁婕怡："这些东西本来是放在院子里玩的，拿进屋子去干什么呢？又不能在屋里玩。"

鲁婕怡不理她，继续把院里草地上的所有东西都拿到门口之后，伸腿进屋，换上屋里穿的拖鞋，然后身体进屋，到厨房拿了块抹布，回到后门口，又伸腿出门，换上屋外穿的拖鞋，再迈出门，蹲在地上，一件一件擦那些东西。她像回答别基，又像自言自语，说："这些东西整天丢在院子里，风吹日晒，脏死了，也会坏。再说难道不怕丢吗？院子旁门从来不锁，随便谁走进来就拿走了。"

别基笑了，说："家家都有这些东西，谁要来这里拿。"

鲁婕怡不理她，自顾自擦东西。她这么一弄，让凯文觉得玩也没意思了，不再去拾草地上的飞机，对别基说："我渴了，我要喝。"

别基说："自己去拿，冰箱里有苹果水。喝过以后上楼去洗手间，洗手洗脚，听见吗？"

凯文点点头，跟着别基，走进屋去。刚到门口，鲁婕怡又叫："就那么走进屋去吗？刚在外面乱跑，脚板脏死了。"

别基忙停步，叹口气，便伸脚要穿屋里一双拖鞋。

鲁婕怡又叫："那么脏的光脚板，就穿吗？把鞋又弄脏了。"

别基听了，干脆鞋也不穿了，领着凯文光脚大步走进屋，直接上楼，听见后门口鲁婕怡气喘吁吁地一边换着鞋，把院里刚擦干净的玩具拿进屋，一边大声抱怨："不晓得爱惜东西，不晓得爱干净……"

别基在楼上洗手间给凯文洗过手，洗过脚，换了干净衣服，然后两个人走下楼来。

鲁婕怡已经把后院的东西全部拿进屋，顺着墙根一字排好，正弯腰整理门口那几双拖鞋。

别基看了，已经不觉得气，只觉得奇怪。

鲁婕怡抬起头，看见别基望着自己，满眼的怜悯和同情，好像自己是个受气的小媳妇，心里很气，便说："我可以管凯文，你回去吧。"

别基说："那我得问问鲁先生才行。"

鲁婕怡马上扶扶眼镜，快步走到沙发边，拿起小台子上的电话，拨通鲁捷生办公室。等了几秒钟，对着话筒说："请找鲁先生，我是他的姐姐，谢谢。"

凯文拉住别基，说："别基，现在玩什么呀？"

别基说："我们前两天学过什么？忘了吗？一打是多少？"

凯文喊："十二，一打鸡蛋十二个。"

鲁婕怡在电话上用中文说："喂，捷生呀，我是大姐。你好吗？我刚到你家，专门来看看你们，明天上午就走……对，不多待了，回去还有别的事情，对。我想今天下午我看管凯文，让别基走吧，能省不少钱吧？对，你当然不在乎，可是钱总是钱，能省几块为什么不省呢？好，那也好……别基，请你来接一下，鲁先生要跟你讲话。"最后这句她改用英文说的。

"凯文，你先自己玩一玩，我马上就来了，行吗？谢谢。"别基对凯文说。她正和凯文一起，坐在厨房里数鸡蛋。她走过去，接过电话，说："你好，捷生。"

鲁捷生在电话里说："别基，我姐姐来了。你可千万别让她管凯文。不管她怎么说，别基，你别走，你跟凯文玩，行吗？"

别基笑了，说："你放心，捷生，我明白你的话。她又在叫了，我得走，再见。"

鲁婕怡正跟凯文抢夺着鸡蛋盒，喊叫："鸡蛋怎么可以玩，打破了怎么办？给我……"

别基赶过去，说："我们在练习算术，小心一点，不会打破的。"

凯文说："就是，不会……"正说着，手里就捏破了一个。

鲁婕怡马上尖着嗓子叫："你看，你看……"

别基说："别喊，别喊，不过一个鸡蛋，不必大惊小怪。"

鲁婕怡又要从凯文手里夺鸡蛋盒，别基一把抢过来，继续跟凯文数数，再也不理会她。

“流了，流了，蛋清都流到盒子里了，可惜，可惜——”鲁婕怡站在旁边，唉声叹气，叨唠不停。

别基终于忍不住了，说：“你别唠叨了好不好。一个鸡蛋，有什么大不了，凯文用这学会算术，比一个鸡蛋价值高多了吧？”

这话铿锵有力，鲁婕怡一时说不出话来。只好走到水池边，洗起碗来。早上鲁捷生和凯文吃早点用过的碗盘，刀叉，玻璃杯还都丢在洗碗池里。

别基隔着房间，说：“你坐了五个钟头飞机，很累了，休息休息吧。碗用不着洗，晚饭吃过了，一起放在洗碗机里，一下子就洗了。”

鲁婕怡不停手，继续洗着，说：“几分钟的事，闲着不是也闲着吗？能用手洗，为什么要用洗碗机？费电，费钱。”

别基听了，耸耸肩，不说话，低下头来，继续跟凯文一起数鸡蛋。她实在不懂，鲁婕怡怎么会有那样一些奇怪的想法，奇怪的习惯？

鲁婕怡洗着碗，又问：“别基，你做什么工作？看小孩是职业吗？”

别基笑了，说：“不，嗯，就算我还在念大学吧。”

鲁婕怡转头，隔着门看看别基，觉得她年纪不小了，怎么还念大学呢？便问：“什么叫还算念大学？念什么专业？”

别基说：“其实才刚在选专业，我想念教育，将来教书。”

鲁婕怡愣了一下，忽然点点头，好像明白了，说：“呵，念博士，将来做教授，那也算不错。”

“凯文，你自己插一会儿，我去帮帮姑姑，好吗？谢谢。”别基说着，站起来，走进厨房，问，“有什么要帮忙吗？我来擦盘子吧。我哪里能念博士，大学本科还没念完。也就这两天，才下决定要毕业。你说我念个什么专业好？将来做个小学教员怎么样？”

鲁婕怡转头看看别基，皱紧眉头，好像想不通，端端正正一个姑娘，美国人，英文没困难，天下那么多行当，美国到处是机会，干什么不行？偏想做小学教员？她是不是脑子不够数？

别基说：“听说，凯文的妈妈过去就是一个小学老师。”

鲁婕怡一脸的鄙夷，撇撇嘴，说：“是呀，没出息，大学毕业，到了美国，别说博士，连个硕士都没念出来。要学位没学位，要地位没地位，要钱没钱，什么都不成功，到美国一趟，干什么来了？”

别基听不懂鲁婕怡的这番话，不是听不懂她的这些字句，她英文说得挺清楚，可是别基不能理解她这些话的意思。

鲁婕怡没听见别基的反应，斜眼看看她，又说：“人家到美国来，要不念几年书，拿个博士学位。要不做几年生意，当大公司总裁，赚几十万年薪。那才够点意思。她跟那些人可怎么比，到美国来当了几年小学教员，丢人不丢人。”

别基这才算是明白一点了，说：“鲁先生很成功呀，念出法学博士，又当上加州副总检察长。”

鲁婕怡一脸得意，说：“那当然，我们鲁家的人都是好样的，走到哪儿也不会失败丢人。他当初跟金朗要好，我就不同意，看出金朗不会有出息。我没看错吧，到了美国，就不求上进了吧。”

别基说：“鲁先生告诉我，她做小学教员，为的是资助鲁先生念法科。鲁先生很感激她呢。”

鲁婕怡又撇撇嘴，说：“那是她这样说，给自己不求上进找个借口。到美国来的又不是她一个，一家夫妻两个都念出书来的多得很，怎么她就不行？就算她真是牺牲了几年，捷生念出来，有了工作以后呢？用不着她继续教书了吧？她还是不想回大学去，还有什么话说。”

别基恍然大悟，说：“哦，我明白了，你是说，念出博士来，或者做大老板，或者赚几百万，那才算成功了。像凯文的妈妈那样，做个小学教员，或者大概也包括做小职员的，就都算失败者。”

鲁婕怡很肯定地点点头，说：“就是这样。不光我这样看，中国人都这样判断成功与失败。所以我特别伤心，金朗那样情况，我们都没法对国内亲戚朋友们讲。捷生干得那么出色，全让她抹黑了。现在她死了，捷生总算能够直起腰来了。”

别基听她这么说，连起码的人道都不讲，说人家死了才好，心里很生气，便故意讽刺，问道：“那么能不能问问，你有多么成功呢？”

“当然，”鲁婕怡顺嘴回答，转头看别基一眼，说，“我有两个硕士，又念了一个博士。”

别基惊得两眼如铜铃，想不到面前这中年女人竟如此了得，不由胆怯起来，说：“那可真不得了，念书是天下最苦的事了。”

鲁婕怡斜别基一眼，懒得再跟她说话，两个手甩了甩，拿张擦手纸把手擦干，打开冻箱，拿出两包肉，放在水池里，放些冷水泡着解冻，说：“既然你看凯文，我就上楼去休息一下，晚上我做饭。”

别基不说话，走出厨房，回到起居室坐下，跟凯文继续插积木。鲁婕怡提了衣箱和提包，走上楼去休息。房子里安静了两个钟头，等鲁婕怡回到起居室的时候，看见别基抱着凯文，坐在后院一张软椅上，念图书馆借来的图书。

墙上挂钟响了一下，四点半整。鲁婕怡从橱柜里拿出一个围裙穿起来，先焖上米饭。她不是这里的生客，每年总要来几次，熟知鲁捷生厨房里的一切，现在鲁捷生单身，厨房里也实在没有太多东西，不过有些最平常的肉、菜、鸡蛋、豆腐之类。鲁婕怡从水池里拿起解冻的肉，又从冰箱里把能找到的东西都拿出来，排在台子上，配了一配，便开始动手洗肉切菜，菜花炒肉片，肉末豆腐条，红焖鸡腿，清炒小油菜，同时烧上开水准备煮西红柿鸡蛋汤。她知道鲁捷生一人在家，吃饭过于简单，所以多做些，给他们父子补补营养。

过了将近四十分钟，她刚把炒菜锅放到炉子上，开了火，放了油，准备开炒，大门一响，鲁捷生走进屋来，在起居室沙发边放下公文包，搭好西装外衣。

“你可真灵，我这里刚炒上，你就赶回来吃。”鲁婕怡笑着说。

鲁捷生解着脖子上的领带，走进厨房，说：“姐，你来也不先说一声，突然袭击，家里什么都没有，还说早点赶回来，带你们出去吃呢，可你已经做了。”

鲁婕怡瞪着眼，盯着鲁捷生的脚，大喊：“去去去，怎么都这样子，进家来不脱鞋了？大泥脚印满地毯踩？”

鲁捷生看鲁婕怡一眼，笑一笑，就在厨房里，弯腰脱下脚上皮鞋，说：“从金朗过世，我就不怎么注意了，太麻烦。”

鲁婕怡一边炒肉，一边说："我说嘛，大不教，小不会。"

鲁捷生脱了鞋，穿着袜子站在厨房地板上，说："从小整天听你们叨叨，擦擦擦，好像天下没有比擦更要紧的事了，现在……"

鲁婕怡忽然大怒，说："你嫌什么？从来也没让你擦过一次，要擦要累，还不都是我。"

鲁捷生笑笑，说："我倒不是因为你要我擦，我才烦。不过我一直以为擦是你的一种乐趣呢。这么一说才知道，原来你虽然爱擦如命，可也觉得烦，并不喜爱。"

鲁婕怡扭头，说："你要什么贫嘴。这么凉的地板，光脚站着，去穿拖鞋，我刚找出来的，都在后门口。"

鲁捷生没有动，接着说："其实美国没那么脏，尤其加州，更干净，街上从来没有泥，而且来去都开车，根本不怎么走路，鞋底脏不到哪儿去。再说地毯就是真脏了，洗洗又不麻烦，用不着就为这点子事，每天跟打仗似的，生好多闲气。"

鲁婕怡说："少废话吧，快去穿鞋……喂，喂，回来，回来，把你皮鞋拿出去，大脏鞋，放厨房？"

鲁捷生不声不响，按着鲁婕怡的话做，到门口穿上拖鞋，然后走过起居室，到后门边，看看后院里的别基和凯文，叫了一声："凯文，爸爸回来啦。"

凯文在别基身边坐直身子，举着手里的书，大叫："别基刚给我借的，《好奇的乔治》，可好听了。"

鲁捷生笑了，说："谢谢你，别基。"

别基从椅子上站起来，说："鲁先生，你回来了，我就走吧。"

鲁捷生说："不用急，一起吃晚饭，我姐姐做饭手艺很好。"

凯文对别基喊叫:“还没讲完呢,还没讲完呢。”

别基只好又坐下来,说:“好吧,讲完这一个我就走,好吗?”

凯文点点头。别基对鲁捷生笑一笑,又转头继续给凯文念书。

鲁捷生走回厨房,问:“真的明天就走吗?那么急?”

鲁婕怡说:“是,明天上午十点的飞机,回去还有事。”

“我去趟书房看看信,马上就回来。”鲁捷生说完,经过起居室,提起公文包和西装外衣,走到书房。过了十分钟,又走出来。

别基正在大门口穿鞋子,准备离开,回头对鲁捷生说:“明天见,还是我去接凯文?”

“是,”鲁捷生跟着走出大门,继续穿着那双拖鞋,送别基走到她车前,说:“我明天得出差,去纽约一趟。你能不能明天后天晚上在我家住两夜,也许三夜,我最迟星期五回来。两个早上还得请你送凯文去上学,每晚和上午我都照加班付你钱。你跟蓝斯商量一下,不过我不愿意蓝斯也来这里过夜。”

别基笑了,说:“你请他来,他也绝不会来。”

鲁捷生说:“星期四晚上有一场交响乐的票,如果我没回来,你带凯文去听好了,就在沙加缅度,不用去旧金山。”

别基想了想,说:“我想应该可以吧,我跟蓝斯说一声——不过我有个条件。”

鲁捷生说:“你说吧。”

别基笑了,说:“因为我要在那间客房里睡两天,我就得按我的喜好布置那房间。现在那样子,我可不愿意住在里面。”

鲁捷生也笑了,说:“随你便。你一个人搬得动里面的家具吗?要不要现在我跟你一起搬?”

别基说:“今晚还是你姐姐睡呀,她会愿意让我随便搬房间吗?”

鲁捷生说:“我想她不会在意的吧,她对生活要求很低。”

别基说:“不见得吧。她很仔细,在屋里不许穿鞋,出外又不许光脚,不许数鸡蛋,不许玩面粉,规矩很多。”

鲁捷生说:“她对生活的要求只有两条,干净和节俭。她在穷困中过了很多年,养成这样的习惯。年纪大了,不好改,也没办法。”

别基说:“没关系,我明天接凯文回家以后,自己搬。实话告诉你,我想把墙都刷成别的颜色呢。”

鲁捷生吃了一惊,说:“你早说过要把我整个房子的墙都改个颜色,我其实不在乎。不过……”

别基说:“你不用慌张,我只那么一说,又不是我的房子,我不会随便刷墙的。”

鲁捷生说:“你非刷不可,又有力气,我也不反对,墙是什么颜色没什么要紧,我不会因为墙换了颜色就活不下去了。”

别基说:“如果我不喜欢,我就活不下去。你如果不在乎,我可真干了。你出差这两天,我就刷墙啦,我最会收拾房子,两天足够刷墙的。你有什么特别喜爱的颜色吗?或者什么特别要求?都告诉我。”

鲁捷生说:“没有,这种事情我无所谓。只要你别累坏了就好。”

“那好吧，明天见。”别基说完，便打开车门，坐进去。

鲁捷生说：“我明天会先回家一趟，再去机场。我的飞机是下午三点的，两点要到机场。”

别基抬脸看着鲁捷生，说：“我接了凯文回家做好午饭，你一回来就吃，吃完了我和凯文一起送你去机场，刚好。”

鲁捷生看了看别基，转过头去，沉默不语。

别基接着说：“不过如果你不自己开车去机场的话，回来的时候只能坐计程车。”

鲁捷生的思想好像游离开去了，仍然拧着头，望着远处，没有听见别基的话，也没有回答。

别基看着他，觉得有点奇怪，又说：“要不，你回来的时候，打个电话来，我带凯文去接你？”

屋里传来鲁婕怡的喊声：“捷生，吃饭啦，都冷了。”

“叫你了，快回去吧。”别基说完，马上发动了车子，开走了。

鲁捷生被车子马达惊醒，喃喃说：“她每次都是这样送我去机场……”

鲁婕怡开大门走出来，站在台阶上喊：“捷生，站在那儿发什么愣？都等着你吃饭呢……哎呀，穿着拖鞋就出来了……”

鲁捷生赶紧转过身，快步走回家门，说：“我跟她商量这几天的安排，我明天出差，要两三天，得安顿她照看凯文。”

鲁婕怡跟着走进屋，关了大门，说：“她答应了吗？多付点钱罢了，找人看小孩还不容易吗？好，都坐下了，凯文，我来喂你吧？”

鲁捷生说：“不要，自己吃，美国这么大的孩子，没有喂的。”

鲁婕怡说:“美国是美国,四岁孩子,不喂,能好好吃吗？来,凯文,好孩子,姑姑喂。”

“不要喂,不要喂嘛——”凯文皱着眉头,拧着身子,拉长声音,哼哼叫着,不肯去迎鲁婕怡伸过来的勺子。

鲁捷生说:“你让他自己吃吧,在学校吃东西,都是自己吃。”

鲁婕怡只好放下勺子,看着凯文自己拿起来,叹口气,说:“吃不好,营养不足,长不大,怎么办?”

鲁捷生:“那是中国人的说法,美国人孩子都这么长大的,不见得比中国人矮小瘦弱吧？凯文长大,要在美国社会生活,非有独自生活的能力才行。美国孩子,没听说过要家长陪着去考场的,更没有家长作主给孩子报名上大学的。”

鲁婕怡忽然又叫起来:“喂,喂,凯文,换个手,怎么左手拿勺子吃饭？捷生,你不管吗？让他长成左撇子吗?”

凯文停下手,满脸的饭米粒,歪过头望着鲁婕怡,不知怎么回事。

鲁捷生说:“姐,你别管那么多行吗？左撇子有什么？我还鼓励他用左手呢,用左手发展右半脑,将来左右大脑发展平衡,才更好。”

鲁婕怡斜他一眼,说:“你少跟我贫嘴。长成左撇子,将来上学学写字,改起来才难了。”

鲁捷生说:“改什么？美国学校从来不管学生用哪个手写字,从来不强迫学生用右手写字。美国人左手写字的多得很,你没见好几个总统都用左手签署联邦法案？他爱怎么样就怎么样,你甭太管他。”

鲁婕怡看着凯文，很久之后叹了口气，说："他们生在美国，真是幸福。"

鲁捷生看看鲁婕怡，说："又想女儿了？国内学校也放暑假了吧？接来聚聚吧。"

鲁婕怡叹口气说："是，我决定把凌凌接到美国来上学了。"

鲁捷生很惊奇，停住吃饭的筷子，看着鲁婕怡，问："真的？下定决心了？这次不变卦了？北京大学不是已经聘你去教书了？"

鲁婕怡说："不光北京大学聘了我，另外像浙江大学，南开大学都聘我去做客座教授。"

鲁捷生问："那为什么又要接凌凌来，回去不就团聚了吗？"

鲁婕怡说："不是为了团聚。不想让她继续在国内上学了。"

鲁捷生惊奇地问："真的吗？为什么？凯文，吃饱了吗？吃饱了就走，到你屋里玩一会儿。爸爸吃完了，给你洗脸洗手讲故事睡觉。"

鲁婕怡对转过墙角的凯文喊："今晚姑姑给你讲故事，好吗？姑姑给你买了新的书。"

凯文听了，忙跑回来，问："什么书？我要看看。"

鲁婕怡笑了，说："你让姑姑吃完饭，让姑姑给你讲故事睡觉，姑姑才给你看。"

凯文站着，看了鲁婕怡一会儿，点点头，说："好吧，我要讲两个故事。"

鲁捷生说："去吧，去吧，等会儿姑姑讲两个故事。"

凯文跑掉了，自己上楼，进了他屋子。

鲁捷生站起来，到炉边锅里盛了点汤，回桌边坐下，问："为什么不想让凌凌在国内继续念书了？"

鲁婕怡说："前两个月，我们打电话，凌凌哭了一通，委屈得要命，说是老师把她班长的职撤了。"

鲁捷生笑了，说："真不得了，中国人从小学生开始就把当官看得这么重了，撤个班长也得哭一场。"

鲁婕怡说："你小时候也一样老想当班长，又不是现在才开始。"

鲁捷生说："那我也绝不会因为没当上班长就哭。"

鲁婕怡说："那谁知道，你从二年级开始，当了五年班长，从来没选掉过。"

鲁捷生问："你不是一直说凌凌整天嚷嚷不想当班长，嫌当干部事多，浪费时间吗？"

鲁婕怡说："嘴上那么说，心里还是想当呀。在美国想当总统，得大喊大叫：我要当总统，你们选我呀。中国谁大喊大叫：我想当班长，他准当不上，都把他当野心家。想当班长，得到处说他不想当，别人才会让他当，那叫谦虚美德。"

"那些人才是野心家，阴谋家，大骗子。"鲁捷生皱着眉头，说，"老师为什么撤了她的班长？"

鲁婕怡说："上学期期末，忽然兴起来学生给老师打分。凌凌是班长，班主任给她十张表，拿到班里发给学生填。她刚进教室，平时爱闹事的学生一拥而上，把表抢走，乱填一气。凌凌把表收上来，交给班主任。教员室里老师们围来一看，学生们把班主任骂得一文不值。班主任把凌凌骂了一顿，问她为什么没把十张表发给好学生填。凌凌解释，老师不听，把她班长撤了。”

鲁捷生听着，不住摇头，说：“既然要学生评论老师的工作，该给每个学生一张表，好的坏的都有份。四十个学生，发十张表，专让得老师宠的学生填，歌功颂德。从小学就教育孩子们学习欺骗瞒哄，弄虚作假，是非不分，将来怎么办？”

鲁婕怡说：“本来我一直觉得美国中小学教育水平不如中国，所以坚持让凌凌留在国内念完中学。”

“反正我不会把凯文送回国去上学。”鲁捷生问，“你怎么办？找个正式工作，还是继续混博士后？”

鲁婕怡说：“如果找得到正式工作，谁要去混博士后？这么多年，还不是因为没有别的办法，才一年一年在大学里混博士后，总算每年还有三万美元糊口吧。”

鲁捷生问：“你可从来没这么说过，我还以为你觉得在大学做博士后挺得意的呢？听说中国人把博士后当作比博士更高一级的学位，好像做博士后多光荣，评教授还得有博士后的经历才行。”

鲁婕怡说：“捷生，这下我得请你帮忙了，看看能不能在哪里介绍一下，帮我找个正式工作。”

鲁捷生说：“行，我想想，帮你这个忙。你早说，就早留意了。哦，对了，让你去教书你干不干？不是当教授，是做教员，高中教员。我知道现在到处教员都缺，前几天还有人跟我说这事。”

鲁婕怡低着头想了半天，没说话。

鲁捷生说：“我知道你一定不肯，所以先问清楚。你也晓得，在美国拿了博士学位，工作反倒不大好找。博士教中学，有点屈才，可美国也不是没有那情况。”

鲁婕怡说：“刚才我还跟别基争过，她就说念那么多学位没用。做个教员，我可不是个失败者……”

鲁捷生忽然站起来，说：“晚了，姐，准备睡吧，你赶了一天路。”

第六章

第二天一早，鲁婕怡匆匆回东岸去了。中午鲁捷生回家，吃过午饭，别基开车，跟凯文一起，送他到机场。因为东西海岸时差三小时，鲁捷生到达在纽约下榻的酒店，已经是当地时间晚上十一点半了。而在西岸，才只八点半，所以他想睡也还睡不着，便又在酒店里工作了三个多钟头，翻阅资料文件，记录问题，然后还不得不吃安眠药，安顿酒店前台早上叫醒他的时间，这才睡下。

那一夜，他顶多睡了四个钟头，早上听见酒店电话叫起床，便赶紧冲澡换衣，到楼下餐厅吃几口早点，端着咖啡杯，匆匆出门叫计程车赶路。

头一站是到下曼哈顿区世界贸易大厦旁边一家律师楼开会，

商讨正在法庭辩论的那宗抢劫案。鲁捷生对这个案子一点兴趣也没有，他本来可以叫纽约的律师到加州去见面，而他同意飞越美国大陆，到东岸纽约来面谈，主要是为了顺便调查明月出版公司的案子。律师楼的会开完之后，双方律师们一起在下曼哈顿一个餐馆吃过午饭，鲁捷生便告辞，坐计程车赶到明月出版公司。

虽然明月公司是中国人开办的电脑网络商业，可并不在纽约曼哈顿区电脑网络商业密集的地区，也不在中国人群居的法拉盛区内，而要过一个大桥，在布鲁克林区。布鲁克林还不算是纽约大都会周围最糟的一区，可也不那么好，拥挤、杂乱、肮脏、贫穷，跟下曼哈顿区的整洁豪华形成鲜明对比。不过也因此，较为便宜，所以居住了许多中国人，也有不少中国人的商号公司。这个骆明明够奇怪，公司设在纽约，家却安在丹佛，而杀死陈珠弟又是在旧金山租的公寓里。也许他遵循中国古训:狡兔三窟。

明月出版公司所在的一条小街，虽然陈旧破烂，倒还安静，也不算太肮脏，而且看来交通方便，转过街口就有个地铁车站，这条街上所有商号的员工大概都坐地铁上下班，自己不开车。就算有人开车，大概也都停在别处哪里的停车场，不敢停在这条街上，怕人偷走，所以小街街面空空荡荡，没有一辆汽车停着。骆明明早年刚创业的时候，肯定图地价便宜，才找这么个地方开公司，后来发达了，大概设备都装置好了，也懒得搬。鲁捷生想着，按地址找到门牌，见是一个很窄小的门，门上门边都没有公司招牌。鲁捷生抬起头，才看见二楼窗玻璃上漆了明月出版事业公司的英文字。

鲁捷生走进门去，楼下什么都没有，地面也很小，迎面就是一个窄窄陡陡的楼梯。走上去，才看见有了公司的模样，对面墙上挂着巨大的月光网主页彩图，月光之下，站立着美丽的维纳斯女神。旁边一圈桌台后面，坐个年轻的金发美国姑娘，见到鲁捷生，微微笑笑，问："请问，您找人吗？"

鲁捷生从口袋里取出自己的名片，递给传达小姐，一边说："我是加州司法部的副总检察长鲁捷生，正在调查贵公司总裁骆明明的案件。今天到纽约出差，有点空，顺便来看看。没有事先联络安排，有什么不方便吗？"

小姐把鲁捷生的名片放到桌上，说："我想没有什么不方便吧，我并不是这公司的雇员，我是临时工介绍所介绍来的临时顶替工。据说骆先生自己很少来。这里由运营经理麦克法先生主持，他出去吃午饭，大概快回来了。如果你愿意，可以先坐坐，等一等。"

鲁捷生说："等的时候，我能不能随便走走看看？"

小姐说："请便，这里不是五角大楼。"

鲁捷生便开动两脚，走进去。四面砖墙，参差不齐，没有粉刷油漆。在美国，有房屋显露这样的墙壁，通常是为炫耀豪华。美国盖房子，全用人工，一块砖一块砖地砌墙，最为昂贵。而用现代装修材料和技术拼装的房屋，不值什么钱，没人稀罕。可骆明明的公司这种模样，显然不是为了美观，纯粹是不舍得花钱粉漆，裸露的红砖不仅老旧，简直残破不堪。房顶也没有装修，露着粗大的木椽，也算一种时髦，可是不少椽木都发黑，好像着过火，很难看。

公司不大，电脑网络商业公司，关键在于那台服务主机，人员需要并不很多。转过楼梯口的接待区，就是一个大厅，用隔板隔成许多小格子，每个格子边上贴了一个名牌。鲁捷生四下张望，看不到哪里安装有服务主机，那是这家公司的心脏，估计藏在墙后哪个房间里。

鲁捷生一路转着，看小格子上的名牌，有几个电脑主机硬件工程师，他们该是负责保证伺服主机一天二十四小时正常运行的。有几个网站设计人员，当然是负责每天更新网业内容的，还有些财会行政推销导购等人员。

"你好，鲁捷生先生。"突然背后有人走来，大声招呼着，叫他的名字。

鲁捷生忙转过身，看见来人高大，棕色头发，蓬蓬卷卷，满脸络腮，鼻子圆圆，红光发亮，午饭肯定喝了酒。脸上花花绿绿，眼睛却没有一点颜色，纯粹透明。他穿着一件驼色T恤衫，上面印了几个不成句的英文字母，牛仔裤很旧，黑皮鞋也蒙了土。"你好，请问……"鲁捷生犹犹豫豫问道。

那人伸手过来握，边回答："巴德·麦克法，运营经理。前面接待小姐告诉我，您在找我。"

鲁捷生握住他的手，说："你好，麦克法先生。"

麦克法先生说："巴德，请叫我巴德。我们这里很随便。"

鲁捷生点点头，说："是，你好，巴德，对不起没有预约就上门打扰。"

巴德说："没关系，没关系。我能为你做些什么？"

鲁捷生说："加州最高法庭要求我们对骆先生的案子做一次复查，我只是想了解一下情况。"

巴德说:“没问题,你想到我办公室去坐呢?还是就在那边窗口站一站?阳光好得很,我们这里一切都很随便,没有那么多办公室的规矩和讲究。你晓得,高科技人员,没法像行政雇员那样要求。你看,这边窗口可以望见纽约世贸中心的双峰大厦。”

鲁捷生随着巴德走过去,望着纽约的景色,说:“这样很好。骆先生的案子已经调查过很多,你们一定早烦了。不过我很想亲自了解一下骆先生更改公司的前后情况,我想那是导致骆先生与陈珠弟发生矛盾的原因。”

巴德看鲁捷生一眼,说:“其实也不尽然,骆先生与陈珠弟的矛盾,由来已久。珠弟来了公司没多久,便跟骆先生上了床,这种事也很平常,都是成人,别人也管不着。她升做销售经理之后,几个老推销员都辞职了,几个广告客户也跟着离开,那时确实好像有些糟糕。看得出来,从那时起,骆先生就不跟陈珠弟来往了。谁也没想到,陈珠弟真有点本事,没几个月,就找来了新的广告客户。公司渡过难关,大家也服了气。那以后陈珠弟一直很卖力,东跑西跑,拉来更多广告,升做主管销售的副总。后来参与计划,增加了印刷出版业务,又出杂志,她管的事情越来越多。”

鲁捷生问:“做得那么好,公司为什么要改不盈利的文化基金会呢?”

“这事说起来话就长了。去年初,陈珠弟去中国,传说拉到一家很大的客户,可以给我们一年三千万的广告业务,所以骆先生去中国签约。我不知道他在中国发生了什么,约没签,人也完全变了,陈珠弟回来后整天找他吵架。过了两个月,他忽然召开全公司大会,宣布要出售公司,改建一个非盈利基金会。谁愿意留下工作，就留下，工资照旧。谁不愿意，发一个月工资，不必上班，另找工作。我是吃网络技术饭的，做什么网站都一样，当然留下。陈珠弟很恼火，当众跟骆先生吵了一阵。可公司是骆先生个人的，他要怎样就怎样，别人管不着，陈珠弟大概以前一直自以为了不得，这下明白了。"说到这里，巴德不怀好意地笑笑，又继续，"公司里很多人痛恨她，见骆先生把她晾在一边，很觉解气，都支持骆先生改组，留下来工作。"

鲁捷生说："后来因为陈珠弟被杀案，公司也没卖成。"

"对了，所以我们仍在继续操作。"巴德说到这里，犹豫了一下，补充说，"得等骆先生结了案，公司才能出售。"

"我懂。"鲁捷生点点头，问，"据你所知，陈珠弟死前跟骆先生还保持来往么？"

巴德说："他们两人之间的事，我不了解。我不过是骆先生的雇员，干活拿薪水，我可过问不了骆先生的个人生活，你得去问他自己。如果你说陈珠弟杀害骆先生，我也许会相信。可是你说骆先生会动手杀害陈珠弟，那我绝对不相信。"

鲁捷生问："真的吗？那为什么？"

巴德说："照我看，陈珠弟对骆先生很凶。如果他想除掉陈珠弟，早就动手了，可他一直容忍她。当然她也确实给公司出了力。"

鲁捷生转话题，说："听前台接待小姐说，骆先生很少到公司来？"

巴德说："过去几年他天天来，经常晚上就睡在办公室，他是个工作狂，干起来不要命。自从陈珠弟命案发生，他就很少来，后来坐了几个月牢，出狱之后再没来过一次。反正现在电信网络通讯发达，他人不在，还是可以一样管理日常事务。有事要面商，他就召集我们几个主管到丹佛他家里去开会……”

公司广播突然呼叫起来：“巴德，巴德，请到机房来一下，请到机房来一下，谢谢。”

鲁捷生赶紧伸出手，说：“你赶紧去吧，紧急事件。很对不起，占用了你很多时间，你提供的这些信息都很要紧。”

巴德握握他的手，说：“只要能帮助骆先生洗清罪责，我什么都高兴做，他一定是无辜的。骆先生是个很好的人，我跟他一起创办起这家公司，对他有些了解。”

鲁捷生一边朝办公室门口走，忽然又转过身来说：“改办不盈利的文化网，免费浏览，又不拉广告，这么大的公司，资金怎么来呢？”

巴德说：“骆先生个人有很大一笔资金。这么多年，他赚了不少钱，总有十几亿，就算现在一分钱不入，网站也能经营几十年。而且基金会已经得到很多捐赠保证，不比过去网费和广告收入少。”

“谢谢。”鲁捷生又跟巴德握一次手，终于下楼，走出大门。

整整忙了一天，回酒店吃过晚饭以后，鲁捷生感到真的很累，随便看了一点电视新闻，也不知道几点钟，便沉沉地睡过去。

正睡得香，忽然被电话吵醒。鲁捷生迷迷糊糊接起电话，听见一个女声急切地叫：“鲁先生，鲁先生，是你吗？是你吗？”

鲁捷生哼了一声，拧亮床头电灯，看看座钟，问：“是谁啊？”

电话里面说：“我是别基。”

鲁捷生仍然半睡半醒，揉揉眼睛，说："别基，你知道纽约现在几点钟了？凌晨三点半，你可真会找时间打电话。"

别基说："凯文病了，不停地吐。"

鲁捷生这一下子醒过来，忙坐起身，问："怎么回事？"

别基说："凯文像平常一样，晚上八点多一点就睡了。十一点多钟，他突然猛咳了几声，然后就哭叫起来，我跑去看，他坐在床上，吐得到处都是。我以为是因为咳嗽，呛了嗓子，所以吐。帮他换了干净衣服被褥，哄他又睡了。过了不到半个钟头，他又咳起来，又吐。然后过几分钟咳一阵，吐一阵，呕得很凶。他肚子里已经没有什么东西了，所以吐的是黄绿的汁水，很可怕。"

鲁捷生说："那是胆汁胃液之类。给凯文的医生打电话了吗？电话卡片贴在冰箱门上的。"

别基说："我刚打过了，接线员说他会去呼叫值班医生回我电话，大概要二十分钟到四十分钟。"

鲁捷生说："那就等等吧，我们又没有别的办法，大概要多给他喝点水，肚子里吐空了，只有吐胆汁胃液，喝点水进去，再吐就吐水。"

别基说："好吧，我给他点水。看他那样子，我真有点受不了。我的弟妹小时候没有发生过这种情况，从来没见过，不知道该怎么办。我想送他去医院看急诊……你能不能早点回来？"

鲁捷生说："我争取吧。事情还没有完，明天……今天上午肯定走不了，最早也要下午才能离开，到旧金山要晚上了。我本来还有个晚饭约会，想帮姐姐找个工作……"

别基急了，叫道："凯文病了，听见没有，凯文病了！你就是有天大的事情，孩子病了，你马上离开，谁还能说你什么不成？”

鲁捷生说：“不能那么讲，总还要看个轻重缓急，工作总是比家里私事更要紧。再说我回去又有什么用，我不是医生，治不了凯文的病，结果两头都误了。只要你找了医生，那就……”

别基忽然打断了他的话，喊叫：“又吐了，又吐了……”便猛地挂断电话，想必是跑去看顾凯文去了。

鲁捷生坐在床上，发了一会儿愣，反正也睡不着了，想给别基打电话回去问问，又怕别基正忙着照顾凯文，不便打扰。更怕占住家里的电话线，医生给别基回电话打不进去，误事。所以鲁捷生坐着，看着座钟。从出生到现在四岁半，凯文也有过几次紧急情况，当时都是金朗深更半夜给医生打电话询问办法。因为是儿科，医生从来不敢有丝毫怠慢，总会在二三十分钟之内回电话来指教。

看着座钟上的长针，一秒一秒跳动，过了半个钟头，鲁捷生相信值班医生一定已经给别基回过电话了，便拨家里电话，想问问别基，医生怎么说，凯文情况如何。却没想到，家里没人接电话，别基仍在凯文屋里忙。鲁捷生留个短话：“别基，忙完了，给我回个电话。”

又过半个钟头，别基仍然没有回电话，鲁捷生有点着急，又拨家里电话，仍然没有人接。别基不在家了吗？难道问题很严重，值班医生指示别基带凯文去医院看急诊了？鲁捷生想着，按动密码，远程收听自己家里电话录音机里的录音。果然他听见值班儿科医生的电话录音：“这是豪森医生，回别基有关凯文呕吐情况的电话。如果现在不方便，我过半小时会再打一次。或者请再打电话来，呼叫服务会再叫我的。希望凯文情况有好转，再谈吧。”

怎么回事？医生回电话，别基不接？鲁捷生更急了，接着听家里的电话录音，下一个是自己留的录音，叫别基打电话回来。第三个录音，又是值班医生留的，说：“别基，我是豪森医生，又一次回你电话，不知凯文情况如何了？如果需要，请打电话呼叫。”

鲁捷生这下明白了，别基一定没有等到值班医生回电话，便忍受不住，带凯文到医院看急诊去了。他在美国生活了十几年，除了凯文出生那次，从来没有去过医院，更不要说看急诊。他们有自己的家庭医生，什么事情都可以马上解决，服务也更周到，从来用不着去医院。医院比私人医生贵，看急诊更贵得要命，而且医院总是比私人诊所拥挤，要等更多时间。不过鲁捷生一点也不想责备别基自作主张，小孩子的事情，马虎不得。别基这样关心凯文，他高兴还来不及，怎么会嫌她呢？

从那之后，每过半小时，鲁捷生便试打一次电话，不再留言，响四声铃响没人接就放下。一直到早上八点，他洗过澡，换好西装，收拾停当，准备离开酒店去开会的时候，最后一次努力给家里打电话，别基才接听了，旧金山那时早上五点钟。

别基一听是鲁捷生，马上便说：“我们去医院看急诊，刚刚回来。凯文一夜没有睡，困死了，现在睡熟了，没事了，但愿。”

鲁捷生说：“你听到凯文的儿科值班医生给你回电话吗？”

别基说：“没有，我等不及了，凯文吐得太厉害。现在反正也没用了。医院看过了，也给治了……”

鲁捷生打断她，说：“只要凯文还好，我就放心了。我得走了，别基，办完事我马上给你打电话。”

别基问："你不想知道医院急诊怎么看的，医生怎么说的吗？"

鲁捷生说："来不及了，我要迟到了。凯文现在好了，就行了。"

别基显然很不高兴，说："好吧，那就算了。"然后不等鲁捷生再说话，便砰一声，挂断了电话。她非常生气。

鲁捷生这一天匆匆忙忙办完公务，打电话取消了晚饭约会，下午四点钟赶到机场，飞回加州，到家将近九点钟。

家里乱七八糟，大客厅和起居室的沙发家具都搬离开墙壁，窗帘都摘下来，沙发上都蒙着大床单，墙角窗边贴了乳白色的胶纸条，顺墙脚铺着一些破旧的布条，可墙壁仍然是老颜色，并没有改变。起居室里，别基坐在一堆杂乱之中，守着沙发边一盏暗暗的台灯，没有看电视，也不看书，呆呆地坐着。

鲁捷生踩着地毯上的烂布，走过去，笑笑，说："你还真的要刷墙呀？"

别基早听见他进来，可一直没有站起来，也没有说话。

鲁捷生在一个移动过了的沙发边上放下手里提的衣袋提箱，说："我知道，本来这样打算，都准备好之后，发生意外，又没时间了。"

别基仍然板着脸，忽然站起来，说："我走了。"

鲁捷生忙说："怎么？怎么？先别走，先别走。"

别基不理他，快步绕过他的身子，走去门廊。

鲁捷生伸出手去，几乎要拉住别基，可又没敢，收回手，说："你先别走，我还要问你凯文的情况？你不能不跟我说一下，就跑掉吧？"

别基火气更大了，提高声音，说："你不配做爸爸，不配问。凯文真可怜，有你这么个爸爸。"

鲁捷生听出别基话里有了哭音，大出意外，吃惊不小。

别基举手抹掉眼泪，冲出去，砰一声关住门。

鲁捷生忙跑去，拉开门冲下台阶，追赶别基。他不能允许别基这样感情冲动地离开，至少开车会有危险。他什么都顾不得，拉住别基的胳臂，气喘吁吁地说："别基，不要这样，有话好好说。"

别基站着，拧着脸，不看鲁捷生，甩开他的胳臂，说："你这么没心没肺，跟你有什么话说。"

鲁捷生说："我刚回到家，你给我一分钟，让我先去看一眼凯文，然后你怎么骂我都行，可以不可以？"

别基不说话，一屁股坐到门外台阶上。

鲁捷生看了看她，匆匆转身再次进入房子，上楼去看凯文。孩子睡得很熟，轻轻打着鼾。没有灯光，看不清他的脸色，摸摸额头，没有发烧，摸摸他的手，温温的。鲁捷生在床沿坐了片刻，长吐了一口气，才又站起，走出屋子，关门下楼，出大门，下两格台阶，在别基身边坐下。

夏日天长，晚上九点了，极远处天边似乎还有一丝将尽的霞色，微微发亮。可头顶苍茫的晚空，已经闪烁稀疏的星光。并没有多少云，可是看不到月亮，很奇怪，不知今天阴历几号？晚风渐劲，邻居家门口旁边唯一的那棵大树，树叶迎风，发出刷刷的响声。脚边的草地上，小草也都被风掠动，倒向一侧，好像同样刷刷作响。

鲁捷生默默坐了一会儿，低声说："谢谢你，别基。"

别基叹口气，说："我替凯文不平。你没看见他吐的时候，多么可怕。我从来没有见过一个父亲，像你这样冷血。孩子病成那样，别的父亲早都急死了，就是有天大的事情，也会马上赶回来管孩子，谁像你一样，还要先去完成什么狗屁工作。"

鲁捷生静了一阵，说："你以为我心里不急吗？我也急，急得要命，昨晚我每半小时打一次电话，一夜没合眼。金朗不在了，只有我和凯文相依为命，我心里除了他，再没有别人。我本来下午有别的事要办，都不办了，赶回来，只是晚了几个钟头。"

别基用力摇摇头，说："你怎么就不明白呢？不是早几个钟头晚几个钟头的问题，是你的态度。当你需要在孩子和公务两者之间做出选择的时候，你选择工作，把孩子的生死置于次要，这种态度我不能容忍。不错，现在你回来了，那又怎么样？事情早过去了，晚了。孩子最痛苦的时候，你在哪里？孩子最需要你的时候，你在哪里？"

她说完了很久，鲁捷生一直低着头，没有说话。

别基又说："你想一想，这种情况，几个钟头，也许几分钟都可能是生死关头，都可能有千钧之重。万一真出意外，你还见得到他吗？"

鲁捷生忽然说："你别说了，我有过这样的亲身经历，我懂……"

别基听了，吃了一惊，转过脸来，望着鲁捷生。

鲁捷生等了一会儿，心情稍微稳定一些，才开始说："我到美国来念书的第三年，母亲在北京病重。可是家里人都瞒着我，怕影响我的学业，不愿意我着急回国看望母亲而耽误功课。又过两年，我毕业了，拿到学位，告诉家里，我要回国去看望母亲了。那时候他们才告诉我，母亲早已去世，我再也见不到了……”

别基惊讶得大张着嘴，满眼恐惧，后背升起一股一股凉气，禁不住浑身发抖，冷汗直流。她活了二十五年，从来没有听到过如此冷酷的故事，好莱坞的悲剧电影都还比不上这种冷酷的现实。眼前这个鲁捷生，他的家人，他的母亲，他的父亲，他的姐姐，和他自己，竟然如此无情无义，把人的生命，把母子之情，看得如此淡薄。别基不敢再看一眼鲁捷生，在她眼里，鲁捷生简直就像一个地狱里的恶魔，没有心肝，没有热血，没有感情。她不能继续跟一个恶魔坐在一起，她想站起来，离开鲁捷生，远远离开，永远离开。可是她两腿发软，站不起来。她两臂抱在胸前，紧搂住自己的身体，哆嗦着嘴唇，说：“原来如此，你们家有这样轻视骨肉亲情的血统，真太可怕……”

鲁捷生说：“不是，不是……接到父亲那封信，我大病了一场，病了好几个月，只差一口气，几乎就死了。我非常爱我的母亲，我们家很多年遭受迫害，都是靠母亲一人支撑。也是因为母亲的一句话，我才毅然远离家人，到美国来了。我本来要拿着我的学位证书，回国去给母亲看，了却她一生最大的心愿。可是她再也看不见了，在她病重的时候，我竟然没有在她身边喂过她一口水，替她擦过一滴汗。她一定是怀着对我的无限思念，非常孤独地离开世界的。到现在我还常常想起母亲，常常觉得自己是个罪人……”

别基忽然伸手抓住鲁捷生猛烈发抖的手，轻轻抚摸着，说：“那不是你的错，他们不告诉你，你远在大洋彼岸，怎么会了解？”

鲁捷生继续抖动着喉咙，说："我太信任他们了，从来没有想到会出这样的事。我怎么从来没想到过，给母亲打个电话，要求听听母亲自己的声音，如果那样，我早就会发现家里出事了……"

别基说："好莱坞电影有时候也演这样的故事，有人因为工作顾不上家，造成家破人亡的惨痛悲剧。我总想，那是电影，是煽情，现实生活里，不会发生。"

鲁捷生说："我们从小受教育，国家的事情再小，也大。家里的事再大，也小。中国不少人为了工作，不管自己的身体，有病不医，最后病死，被当作英雄，全民景仰。我们崇拜献身，为国家献身，为事业献身，我们不能为自己个人而活着，那没有价值。"

别基听了，说："这太难以理解了。"

鲁捷生转脸看看别基，说："你当然不会懂，对美国人来说，每个人的性命都重要得不得了，甚至比国家事业更重要。可对中国人来说，牺牲常常比活着更有意义，为争取成功而牺牲，显得伟大。"

别基身体打个哆嗦，说："像你一样，为拿到学位，母亲病重也不去看望，就伟大？"

鲁捷生叹口气，说："一点不错。我父亲在北京到处跟人讲，我多么了不起。还有人请他作报告，报纸上发文章，讲我怎么发奋读书，母亲病危过世也没有回国，所以按时毕业拿到学位，取得现在的成功。中国人对于生命，对于成功的价值观就是这样，能够把一个人性的悲剧当作一种骄傲，一种光荣，一种英雄业绩。所以我一直不能原谅父亲，毕业之后再也没回过一次国……"

衣袋里手机一阵电话铃声，打断鲁捷生的话。他掏出手机，清了清嗓子，站起来走到一边，轻声讲了几句。别基仍然坐在门外台阶上，两手捧着腮，望着面前的草地，回想鲁捷生刚才讲的话。

过几分钟，鲁捷生收起手机，走过来重新坐到别基身边，说："就是本来跟我约了一起吃晚饭的那人，要我把姐姐的情况介绍一下。"

别基说："这么几分钟就介绍完了吗？"

"哪里，我现在没那心情，我告诉他，我会让姐姐自己直接打电话去找他。"鲁捷生说着，又站起身，说，"我们回到屋里去讲好吗？我想喝点咖啡，头有点痛。"

别基站起来，跟鲁捷生一起走进厨房。她拿起自动咖啡壶里的水壶，到自来水管上接冷水，说："我来给你煮咖啡？"

鲁捷生从柜里取出一个玻璃瓶和一盒咖啡过滤纸碗，一边说："我自己冲，除非你也要……"

别基把水壶里的水倒进咖啡壶的烧水罐里，说："我不要。"

"那我就冲淡一点，美国人冲咖啡，总是太浓，黑得像墨一样。"鲁捷生一边说着，从盒里拿出一个纸碗，用小调羹从瓶里取出咖啡粉，倒进纸碗里。

别基打开咖啡壶的纸碗，拿出早上她自己冲的咖啡残渣，三个手指捏着，提过去丢进水池下面的垃圾箱，一边说着："你还说美国人煮咖啡太浓？法国人老嘲笑我们不懂得喝咖啡，淡得像水。"

"法国人烧的咖啡，我知道，简直是毒药，只能跟中国人喝白酒那样饮，苦得要命。"鲁捷生说着，把装好新咖啡粉的纸碗放进咖啡壶上的纸碗夹，推进壶顶，开了开关，通上电，立刻听见沸水响声，开水滴进咖啡纸碗，渗漏到下面接的玻璃咖啡壶内。鲁捷生靠在柜台边上，看着咖啡水滴，问："医生怎么检查的？我说凯文。"

别基靠在水池边上，看着鲁捷生，说："仔细得很，足足花了四个钟头，不光医生检查，还有好几个化验室来做化验，血呀，尿呀，还推到×光室，给凯文的胸和腹拍了两张片子。"

咖啡壶冲满了，水漏停止，鲁捷生一边听别基说，一边拿个咖啡杯倒了一杯，把咖啡壶放回，然后端杯子走过去，从冰箱里提出奶罐，往咖啡杯里加了点牛奶，这才过来坐到小餐桌边，喝了一口，说："姐姐说过，她女儿凌凌不到一岁的时候，有一次从床上跌落下地，中国房屋都是水泥地面，孩子后脑当时肿起一个大包，嚎哭不止。姐姐姐夫两个赶紧抱了凌凌，骑车赶到医院急诊室。医生听她们说明了情况，扳过凌凌的头看看，说：回去吧，没事，谁家孩子不摔几下，用不着大惊小怪。姐姐见凌凌还是哭不止，就问：她这么哭，是不是哪里摔坏了？是不是需要检查检查？医生说：不用，没事，摔肿了，有点疼，孩子当然哭，明早就好了。姐姐只有听着凌凌哭，忍着心酸，回家去了。"

别基说："他们不喜欢给人看病，为什么要做医生？"

"他们不过要有个工作，"鲁捷生说，"因为医生不负责任，中国儿童不知有多少早早就造成未来终生的残疾苦痛，真是罪孽。"

别基看看鲁捷生，说："我该走了，太晚了。"

鲁捷生从桌边站起来，陪着别基朝门口走，一边说："明后天周末，我看顾凯文，你好好休息一下吧。下星期一中午你再接凯文回家。”

别基看看客厅里挪动过的沙发，说：“我明天还是来把墙刷了吧，这样乱七八糟怎么行？”

鲁捷生挥挥手，说：“不必，不必，我等会儿都挪回原地去就行了，刷墙这样的事，不必在意，有空就弄，没空就算，死不了人。”

别基耸耸肩，没说话，拉开房门，走出去。

鲁捷生跟着出去，又说：“反正过一个星期左右，我还得出一次差，那时候你可以刷，如果你真那么想刷墙的话。”

别基笑了，迈下台阶，说：“谁还真那么想刷墙。又要去哪里？去几天？”

鲁捷生站在台阶上，说：“去丹佛，来去大概总得一天吧。”

别基猛然停住脚，回过身，仰头看着鲁捷生，惊喜地说：“你要去丹佛吗？我家在科罗拉多呀，离丹佛不太远。过十天就到独立日了，有个三天长周末。如果你可以安排那时候去丹佛，我带凯文跟你一起去。你办完事，到我家去过独立日周末，好不好？”

鲁捷生望着别基眉开眼笑的脸，点点头，说：“当然好，我来跟他们安排一下。”

第七章

七月四日美国独立国庆日前两天的那个星期五，鲁捷生出差去丹佛，找骆明明谈话，别基带凯文也一起到科罗拉多度假。他们在旧金山坐九点的飞机，因为时差，飞行一个多小时，到达丹佛，已经是当地时间十二点了。鲁捷生在机场赫尔兹租车公司租了一辆大林肯。他们还要开到别基的家，路不近，开大车舒服点。

进了丹佛城，他们按照事先计划，先到樱桃溪购物中心，找一家餐馆吃过中饭。然后别基领凯文在购物中心里闲逛，鲁捷生则开车去骆明明家谈话。

从樱桃溪购物中心开出来，顺大学大道一直往南，出丹佛城不远，就到樱桃山庄市。鲁捷生以前没来过，一进入那地区，就可以看出是个富人住宅区，好像洛杉矶的比佛利山庄。街都不宽，红色街牌与众不同。两边房子都极大，一条街口只住一两家。很多住宅门前草地就有半亩，围着栏杆，里面有的有喷水池，有的立着雕像。鲁捷生想得到骆明明会住很大的房子，可没想到会在如此豪华的地段之中。

找到地址，开进栏杆大门，顺私家车道进去，好像大酒店门口，通到住宅门前。房子不是高楼大厦，只有两层，可是很高大，都是白色大石头手工砌起来，想必昂贵得很。房前竖立八根大石柱，支撑高大的门廊，汽车一直开到廊下，停在彩色玻璃的门口。

鲁捷生刚熄火开门下车，大门便开了，一个人走出来，身后跟着律师古德曼先生。鲁捷生为安排此次会见，跟古德曼先生通过几次电话，所以古德曼律师也来参加。骆明明知道鲁捷生今天到，也显然看见鲁捷生开车进院子，所以亲自来开门。

“你好，”骆明明伸出手，用中文说，“欢迎你远道而来。”

“谢谢，骆先生，谢谢你同意接见我。”鲁捷生握住他的手，也用中文回答。

骆明明个子不高大，面貌也平常，在家里仍穿一身藏青西装，打着红色领带，不过衣服都不那么笔挺，看得出是随意穿戴，脚上皮鞋也没有上油打亮，可里面白衬衫浆过，领子直立，没有一条褶。他剪个小平头，四十几岁，鬓角已经花白。一张方脸棱角分明，显出一种刚强。眉毛粗短，有些倒挂，是中国人认为倒霉的八字眉。眼睛很大，眼白多眼黑小，眼神游散，没有光亮，加上灰黄脸色，软懒动作和低微语音，一副疲惫忧愁之态。

古德曼律师迈步上前，伸手跟鲁捷生握，边说：“很高兴又见到你，鲁先生。”

鲁捷生握住古德曼先生的手，改用英文说：“我也很高兴，你好。”

因为有古德曼先生在面前，骆明明只好不再讲中文，侧侧身，说：“请进吧。为了不受打扰，我给家里用人放了一天假，所以今天一切要我们自己动手。”

鲁捷生走进玻璃大门，说：“平时我们在家，都是自己动手。”

门厅很高大，天花板雕着花，挂个十几层的水晶大吊灯，黄木地板铺一块巨大厚重的波斯地毯，绣着古老的东方花纹图案，走上去好像有弹性。地毯正中央，也就是门厅正中央，立着一个硕大的圆形鱼缸。里面彩石铺底，珊瑚红艳，稳重沉静，水草碧绿，轻浮摇曳。鱼缸一边竖一根玻璃管，喷着氧气，冒出串串气泡，搅得缸水动荡不已。缸顶盖上亮着两条日光灯，照耀缸内游动的各种热带鱼，五色斑斓，彩翅飘逸。鲁捷生微微一笑，看骆明明一眼，到底是中国人，信风水。

门厅左侧有两个高大的木门，右边也有两个高大的木门。这几个门后面，想来是大小不同的会客室，或者书房。迎面是宽大的楼梯，可以并排走八个人。楼上当然是大小不同的卧室，客房等等。鲁捷生知道骆明明没有结婚，没有孩子，所以楼上不会有儿童活动室。楼梯两边各有一个通道，通往楼梯后面更多房间，可能是大小不同的餐厅，或者厨房，还有门通往后院，院里也一定有游泳池。

“我们坐哪里？”骆明明不像这个家的主人，反问两个客人。

古德曼先生说：“客厅里当然舒服些，不过谈话期间，恐怕总免不了你得查资料，所以还是到你的办公室最方便。我们谈完了，再到客厅去舒服不迟。”

“也好，也可以到后院去坐坐，有兴趣，可以游游泳，打几杆高尔夫。”骆明明虽然这样说，可是没有丝毫热情。他引鲁捷生走到左侧，推开一扇门，说：“请进，这是我的小书房，平时多半在这里工作。”

小书房一点不小，比鲁捷生家的客厅还要大一倍，就是说还有个大书房，恐怕像图书馆阅览室。小书房一排三个大玻璃窗上，丝绒的绣花窗帘都拉开，用黄穗丝带绑住，隔窗能望见外面平整的草地，盛开的花坛，修整成各种形状的绿色树丛，还有几处白色的石雕像，一切都在明媚的阳光下闪烁着光亮。这房间之所以称作书房，恐怕只因为房间顶头放了一张巨大的书桌，桌上是些日常的办公用品，纸墨笔砚之类，东西都很讲究，发光发亮。书桌侧面的一个台子上，放了两个巨大的电脑屏幕，想来电脑机身放在台子下面。桌后有一张高大的黑色高背皮座椅，座椅后面靠墙都是顶到天花板的玻璃书柜，一个挨一个，直到房间拐角，里面装满书，没有其他装饰小玩意之类。拐过墙角的一侧，正对窗户，挂了一副巨大的油画，四个半露体的男女围绕着一块墓碑。

“真棒极了，《阿加地牧人》。”鲁捷生扬头望着那油画赞叹，不由说出中文。

骆明明有点高兴起来的样子，也用中文说：“你懂画？我在乡下插队落户的时候，天天晚上临摹这张画，前后三年多，临了好几遍，三个牧人身上衣服的每条褶都烂熟于心。那时候我给队里放羊，跟这三个牧人差不多，顶多也就一块破布包包身体，不过我的羊铲可比他们的牧杖长多了。”

鲁捷生看着骆明明，说：“我大姐也插过队，也是穷乡僻壤。”

骆明明仍旧注视着墙上那油画，说：“当然，好地方也不让我们去。我从来没学过法文，可是背得下那画上墓碑上的字：像你们一样，我曾生活于这块温柔的土地，体验过幸福。可像我一样，你们也都终将死去。我那时临摹，改写成：像你们一样，我曾生活在这里。像我一样，你们也将死去。我当时生活的那块土地，一点也不温柔，更没有幸福。一年到头，只过春节那天可以吃顿肉。记得见一个十岁孩子，吃撑了跑到外面，拿手指头捅嗓子眼，把吃进去的肉吐出来，再回去重新吃，就为满足嘴上吃肉的欲望。”

鲁捷生微微叹口气，说：“这种悲惨故事，大姐也讲过很多，终生难忘。”

骆明明摇摇头，说：“其实我喜欢这幅画，并不完全为了回忆早年艰辛的生活。我去年才买来，是画家普桑的身世给我很多启示。”

鲁捷生有点惊奇地问：“哦，真的吗？这倒有趣，我想听听。”

骆明明说：“这个普桑，青少年时在自己的故乡法国生活很困苦。后来到了罗马，觉得很幸福。当时的法国到处是腐败和骚乱，而罗马少欺诈，多自由。普桑有了创造的机会，发展起来，得到很高的声名。于是本来很看不起他的法国，就来请他回去，许下许多愿。他回去之后发现，法国并没有变好，君主仍然凶残专横，周围人相互猜疑欺骗倾轧。普桑在法国待了两年，又逃回罗马，从此再不回法国。”

鲁捷生没有接话，等待他继续，可骆明明已经讲完，不再作声。

旁边古德曼先生傻子一样看看这个，看看那个，听不懂他们中文说了些什么，热热闹闹，现在忽然两人都不说话了，便连忙插嘴招呼："好了，我们坐吧。"

鲁捷生这才转过身，跟着古德曼先生走过去。房间另一半跟平常人家的客厅差不多少，几个墙角都放木架，架上放着白瓷花盆，盆里长着绿色花草。天花板上挂一盏水晶吊灯，黄木地板上铺波斯地毯，地毯上面放一圈黑色的意大利真皮沙发，宽宽大大。沙发当中放一个咖啡桌，上面放一个金线的黑漆木雪茄烟盒，旁边放一个同样金线的黑漆木烟灰缸。沙发旁边靠墙，是一个高大的玻璃柜，上半玻璃橱里面放满各种玻璃酒杯，下半是个酒吧，排满了各种各样的酒瓶。

"请坐吧，鲁先生，"骆明明对鲁捷生说着，自己先走到窗边，在背对窗的沙发坐下，朝古德曼先生挥挥手，说，"古德曼先生，你常来，代我招待一下，谢谢。"

古德曼先生点头答应，朝酒吧走过去，问："鲁先生，喝点什么？"

鲁捷生说："随便，最好不要多喝，等会儿还要开车。"

"不急，大老远来一趟，不必急着回去。我这里房间很多，就在我这里尽兴，走不了，住一夜也好。"骆明明这样说，可好像敷衍而已。

鲁捷生说："我带了儿子一起来科罗拉多，现在他还在城里转，等着我呢。"

听了这话，骆明明忽然兴奋起来，睁大眼睛看着鲁捷生，说：

“你怎么搞的？为什么留他在城里转，打个电话，叫他来。我这里总比大街上舒服些，要吃要喝，快，打电话，他有手机吧？”

鲁捷生说：“手机是有，只是不想他们耽误我们谈话。”

骆明明的热情好像又马上消失了，看看古德曼先生，懒洋洋地说：“古德曼先生，叫鲁先生的儿子来，你不会介意吧？”

古德曼先生给自己和骆明明倒好酒，一边端过来，递给骆明明，一边说：“我怎么会介意。”

骆明明朝鲁捷生挥挥手，好像不耐烦了，说：“好了，一言为定，快打电话，把他叫来。几个人？两个？只有两个？玩够了，晚上一起住在这里好了。我这里不常来人，有人住住也热闹。”

鲁捷生见骆明明真心诚意，便朝大书桌走过去，准备打电话。

古德曼先生又说：“嘿，你半天还没有说你要喝什么？”

“晶昂托尼克。”鲁捷生随口应答一句，同时拿起电话拨号码。

等对面电话铃响的这一刻，骆明明又抢着问：“他们有车吗？没有？叫他们喊计程车来，很方便，我付车钱，你有地址。我这里有游泳池，有高尔夫球场，有网球场，还有台球，乒乓球台，他们愿意玩什么玩什么，晚上我的厨师回来，手艺不错，给我们做一顿意大利餐，怎么样？”

他这边唠唠叨叨，鲁捷生那边低声对电话说，讲完后挂断电话，走回面对窗的沙发坐下，说：“跟他们讲，逛够了自己叫车过来。我的儿子叫凯文，四岁。还有个保姆带着他，叫别基。”

“鲁先生的太太去年不幸去世，我们办公室还送了一个花圈。”古德曼先生说着走过来，递给鲁捷生他要的晶昂托尼克，然后自己坐在长沙发中间。

骆明明用中文说了一句:“节哀自重。”

鲁捷生看他一眼,点点头,喝了口酒,把酒杯轻轻放到咖啡桌上,转身打开自己的公文包,说:“因为律师职责,我必须向你们交待明白,我跟陈珠弟见过一面,那是好几年以前,远在骆先生跟她相识之前。那时陈珠弟刚到美国,我们在飞机场遇见,她不会讲英文,找我帮忙,在我家暂住三天就搬走了。我向你们担保,跟她的一面之交,不会影响到我对处理此案的公正立场。”

古德曼先生笑笑,说:“当然,鲁先生办案的声誉我很了解,我对鲁先生有充分的信任。”

骆明明看着鲁捷生,好像随口问:“你印象如何? 我说对陈珠弟。”

鲁捷生眨眨眼,说:“我对她的印象怎样,都无所谓,跟案件无关。我也不会因为自己对她的印象,丧失客观的评价标准。”

骆明明继续注视鲁捷生,过了一阵,好像松了一口气,轻描淡写说:“那就好,那就好。我敢说,陈珠弟那人,相处三天已经太久,足够你了解她,而且讨厌她。我的公司里,没有一个人喜欢跟她来往,她的部下也只是为了拿薪水,不得不服从她。”

鲁捷生说:“可是你跟她相处了两年之久。”

骆明明不改声色,还是懒懒的,说:“对,不过我们之间的个人关系,其实也不过只几天,绝对不多过一个星期。不论她怎样假装和掩饰,本性总要暴露,我一发觉,马上离开。后来一直只是工作关系,她是我的推销经理,她干推销还是很努力,也很成功。”

鲁捷生说:“既然你说跟她相处不到三天,人就会讨厌她,她怎么可能干推销很成功?”

骆明明撇撇嘴，说："你没干过推销吧？干推销，靠的是瞬间魅力。推销员找客户，哪有相处几天几夜的，谁有那时间。陈珠弟就是靠这个，刚一见面，她有点魅力，能迷住人，那就够了。她也只需要跟主管睡那么一夜，客户就拿到了。对她来说，一点不费事，合同一签，就拜拜，人家也发现不了她有那么讨厌。"

鲁捷生完全懂得骆明明所说的一切，他和金朗跟陈珠弟才认识几个钟头，就开始讨厌她。他笑了笑，问："那么，能不能请你谈一谈，你跟陈珠弟相识相处的经过？"

骆明明眼望着咖啡桌上的酒杯，好像在努力回忆，很久不说话。

忽然大门叮咚一响，三个人都一惊。骆明明马上站起来，说："今天家里没有人，我得去看看。"

三个人一起走出小书房，快步穿过门厅，打开彩色玻璃大门。

别基和凯文站在门外，脚边放了两个商店纸袋。他们身后还停着鲁捷生刚才开来的大林肯车，可不见他们叫的计程车。

别基穿着一件乳白短袖T恤衫，胸口印着一个绿色的山型图案，一条牛仔短裤，一双白球鞋，手里提个手提袋。头上戴一个白色的遮阳帽圈，顶上架一副墨镜，金黄头发蓬松，碧蓝眼睛明亮，显得青春荡漾，魅力无穷。她看见面前三个大男人突然出现，显得有点不好意思，笑了一笑，低下头去。

凯文穿了一件灰色短袖T恤，胸前印满彩色小汽车，一条白色短裤，脚上是一双凉皮鞋，看见鲁捷生，便叫："爸爸。"

鲁捷生惊奇地问："不是说好，你们逛够了再来吗？怎么这么快就来了？"

别基说:“你问他。一听说这里有很多可玩的,就等不及了,怎么说都不行,非马上来不可……”

骆明明摇摇手,说:“当然,当然。四岁的小孩子,有什么兴趣逛商店,来我这里玩好得多。咦,车呢?不是说好我付车钱吗?怎么走掉了?”

别基说:“我付过了。”

“那不行,到我这里来作客,怎么能让你付车钱。”骆明明一边说,一边伸手进裤袋,掏出钱包,取出一张钞票,递给别基。

别基接过,几乎叫起来:“呀,五十元?哪里要这么多?只有二十元,我没有钱找你的。”

骆明明不理别基,拉起凯文的手,往房子里走,问:“喜欢玩什么?打乒乓你个子还太矮,长大一点再来打。游泳?或者打高尔夫球?”

凯文扬着头问:“什么叫高尔夫球?”

骆明明高兴了,说:“你没玩过吗?那好极了,我们今天就打高尔夫球,很容易,把一个小球打进一个小洞,你一看就会了……”

“把这两个纸袋放进你的车里去吧?不拿进去了。”别基指指脚边的商店纸袋。

鲁捷生马上迈前去,一把提起那两个纸袋,走到林肯车边,拉开车门,放进车去。在这家门口,绝对用不着锁车。

“小姐,请进。”古德曼先生对别基说。

别基朝他笑笑,小心翼翼走进大门,马上吸了口气,差点叫出声来。她从来没有进过这样的房子,想也想不出来。她一边慢慢走，一边转头张望门厅里的豪华装置，眼睛不够使。

古德曼先生关好大门，跟鲁捷生并肩走着，盯着前面别基的背影，低声在他耳边说："这姑娘真漂亮，你运气不错。"

鲁捷生转脸看古德曼先生，脸色并不友好。

古德曼先生对他眨眨眼睛，又伸手在他背后拍了一下，说："机不可失，时不再来，老弟，可要抓紧呀。"

他说完，一阵哈哈大笑，引得前面别基，骆明明和凯文都站着了脚，回过头来看。

"骆先生，我们的谈话还没有完——"鲁捷生忙说，用以掩饰自己的窘迫。

骆明明说："我们也到后院去坐，一边看他们玩，一边谈。"

古德曼先生说："对极了，挺好的天气，坐在房子里多浪费。你们先去，我把酒端出去。"

别基说："你一个人拿不了，我跟你一起去端吧。"

鲁捷生说："不用了，我去，反正我得去拿我的公文包。"

别基看了鲁捷生一眼，转过头，站着不动。

骆明明在前面已经走到后院门口，又回头来喊："谁到厨房冰箱去拿些饮料，打高尔夫，凯文会渴的。厨房在右手那边，过去就看见了。多拿些，大家都喝。"

"那么我去拿饮料。"别基说完，又看鲁捷生一眼，转身朝厨房走。

古德曼先生跟着鲁捷生走进小书房，端酒杯提酒瓶，又笑着说："捷生，别基对你很有情意呀。"

鲁捷生把摊在沙发上的文件收进公文包，说："你说些什么？

她有男朋友，你不要乱说。”

古德曼先生又哈哈笑起来，说：“这种事情瞒不过我。她看你的眼光不同一般，不是保姆看主人的眼光，充满柔情。”

鲁捷生提起公文包，拿起自己的酒杯，说：“声音放低些。告诉你，找到这么个保姆不容易。凯文很喜欢她，你瞎说八道，把她气走了，我可要找你算账。”

古德曼先生领先朝书房门口走，继续说：“她喜欢凯文，凯文喜欢她，那就更好，这是天意，你们就该在一起生……”

半句话间，他突然停住。鲁捷生紧跟着走过去，抬头一看，别基端着一个托盘，上面摆了几瓶饮料，几个玻璃杯，脸色红红，站在书房门口。不知她听到古德曼先生的一派胡言没有，鲁捷生很有些慌乱。

“不知道哪个门出去。”别基好像解释为什么自己站在书房门口，脸朝着后面，却又忍不住瞟过来，看鲁捷生一下，眼睛亮晶晶的。

“这边正对面就是后门。”古德曼先生赶紧说，遮盖自己刚才说话的鲁莽。

别基便开步朝后门走了。鲁捷生跟在后面，拿右肘顶顶古德曼先生的胳臂，让他转过脸来，然后恶狠狠地瞪他一眼。

古德曼先生低下头来，贴着鲁捷生的耳朵，说：“我敢说，她听见了一部分，可是并不生气，反而挺高兴。她真的喜欢你呢。”

鲁捷生又拿肘撞古德曼先生一下，再次瞪他一眼，躲开他，加快脚步，赶上别基，替她拉开后门，两个人一起走出后院去。

“哇，好大呀，真美。”别基刚迈出门，便惊叫起来。

后院很大，花树环绕，草地如毯，一片碧绿。门外是一个很大的廊子，凉棚遮顶，花砖铺地，放了几张玻璃圆桌，桌边铁椅上安了软垫。廊顶廊柱爬满青藤，开着灿烂的小黄花。廊子外面，隔着一块开满五颜六色鲜花的花圃，便是高尔夫球场，草地细密，修剪得极平整，当中一个洞中插了根旗杆，上面飘着一面小小的黄色三角旗。高尔夫球场左侧围了一圈高高的铁网，网内是一个网球场，水泥场地涂着绿漆。隔着网球场，铁网另一侧，是个游泳池，池边的花瓷砖地，摆了几个乳白色的躺椅，支着几个遮阳伞。池上有个跳板，水面上蒙着一层细密的软丝网，想来是防止落叶或脏物掉进水去，保护池水用的，有人要游泳时，可以电动开启。

骆明明跟凯文站在高尔夫球场的草地上，一高一矮，骆明明弯腰教凯文怎样拿球杆打高尔夫球，阳光之下，好像一幅油画。

古德曼先生说："我们就坐这里吧。"

别基看他把手里酒杯放在一个圆桌上，便走几步，把自己手里端的托盘放到旁边一张圆桌上。

鲁捷生说："别基，你去陪凯文玩一会儿，好吗？我跟骆先生的谈话还没有结束。"

别基回头看看鲁捷生，说："好，我去。我和凯文的饮料放这桌上，跑回来拿喝的，也不会打扰你们。"

鲁捷生说："谢谢你，别基。"

别基没答话，头发一甩，一颠一跳地跑过去，嘴里叫着："凯文，我来跟你玩。"

骆明明走回到廊下，坐到圆桌边铁椅上，望着高尔夫草地上的别基和凯文，说："你们三个在一块，多快乐呀。"

古德曼先生也坐下来，把骆明明的酒杯推到他面前，说："我刚还对捷生说，那姑娘对他很好。"

鲁捷生来不及坐下，便从公文包里掏出文件档案，一边说："刚才我们谈到哪里？对了，请你讲一讲跟陈珠弟相识的经过。"

骆明明长长叹了口气，又恢复了早些时候那种疲惫不堪无精打采的神情，喝了一口酒，说："怎么跟她认识的，我不记得了，我对警察讲过几次了，对旧金山法庭也讲过，说来说去，都是老调重弹，我真的不记得了。好像最初她到我们公司来打零工，记不清了，你可以去问公司里别的人。跟我相处过的姑娘很多，中国的美国的都有，怎么认识的，我都不怎么记得。我用不着去讨她们的好，谁嫌我不关心，甭理我就得了，我又不在乎。不过可以肯定，不是我去找她，我没那闲功夫。我敢说，所有跟我相处过的姑娘，都是她们主动献身……"

古德曼先生哈哈一笑，站起来从桌上拿酒瓶，给自己添酒。

鲁捷生坐着，望着草地上的别基和凯文，听骆明明讲话。他很清楚，如果骆明明在杂货店站柜台，说这话，没人信，可他是身价亿万的企业家，姑娘们恐怕只恨没机会陪他睡觉呢。

骆明明见鲁捷生相信了他的话，并不追问他跟陈珠弟相识的详情，便接着说："那时我还住在纽约，公司业务才有点起色，一天到晚就在办公室里度过。陈珠弟找上我以后，也是在办公室里跟我睡觉，大概没回过我家。那时我家是个公寓单元，还没办公室房间大。你别看我现在，不过是这几年网络生意好做，才发达起来。"

鲁捷生说："所以陈珠弟的推销对你公司业务发达，贡献很大。”

骆明明仍然无精打采，说：“可以这么说吧，我也没亏待她，给她全公司最高的薪水，升她做销售经理，还因此得罪了很多老职工，不少人跟我一块起家，资历能力都比她强得多，只是人家不像她那么能出卖自己的肉体就是了。”

鲁捷生问：“我听说，陈珠弟给你们公司找到大客户，是你升她做了销售经理以后的事。那么你为什么会升她做销售经理呢？你老早看出她的推销本领了吗？”

别基气喘吁吁跑过来，在旁边桌子上拿饮料瓶倒饮料，歪头看看他们这边，并不说一句话，又拿着杯子跑开了。

骆明明抬起眼皮，看她一眼，同时回答鲁捷生的问话，说：“我以前早讲过了，你的档案里有，想必你也早读过。她跟我同居几天，我看她会讲话，胆子比天还大，什么谎话说起来都从不脸红，敢自吹自擂，那就是做推销员的素质，所以把她调进销售部做推销。后来很快发现她太讨厌，就不让她再来找我。我对她讲，她可以继续在我的公司里工作，可是我们之间不再有私人关系。她不接受这个事实，不管我们是不是一起睡觉，她还自认是我的情人，也这样到处跟别人讲。最后我忍无可忍，要开除她。她急了，就威胁我说她怀孕了，怀了我的孩子，非要我跟她结婚。我怎么会吃她那一套，别说我根本不信她怀了孕，就算她真怀了孕，我也绝不会跟她结婚，顶多给她点钱，让她走人。可我也因此看出来，她真有不成功就成仁的意志，倒难能可贵，公司也需要这种人。所以跟她协商妥协，给她高薪，升做销售经理，她愿意怎么干就怎么干，只要能给公司带来利益。她干成几笔生意之后，我还给了她一些公司股份作为奖赏。就这样我们维持了三年的关系。”

鲁捷生问:“你们两人之间,后来一直确实再没有发生过任何个人关系吗?”

骆明明坐直起来,在桌上给自己酒杯里添酒,一边回答:“没有,一次都没有。其实她对做爱根本一点兴趣也没有,我能看出来。她跟男人上床,都有盘算,出于买卖需要,不是出于感情甚至性欲。陈珠弟那人,什么兴趣都没有,什么爱好都没有,什么生活都没有,她的全部生命只有一个目标,就是赚钱,没完没了地赚钱。在她看来,一个人活一辈子,成功不成功,只有一个标准,就是赚钱多少。她不只一次跟我说,看见自己赚到钱也是一种生活乐趣,最大的生活乐趣,记得巴尔扎克笔下的人物吗?她就是那样,所以让我讨厌。你想想,刚做完爱,她就说赚钱才有乐趣,意思就是做爱并没有乐趣,她不过陪我发泄发泄性欲而已?我听了,会高兴吗?”

鲁捷生说:“所以她跟别的男人睡觉,你从来没有过忌妒心理。”

骆明明端了新添的酒,后仰坐舒服,喝了一口,说:“怎么?你以为我会因为忌妒而伤害她么?笑话,我对她一点兴趣都没有。”

鲁捷生紧跟着问:“不是情杀,那是为什么你要杀死她呢?”

古德曼先生插话说:“鲁先生,请你注意用语,我们提出上诉的整个基础,就是否认我的客户伤害陈珠弟的说法。”

鲁捷生说:“旧金山地方法庭裁定骆先生犯了误伤罪,说明陈珠弟的死亡还是跟骆先生有关系。”

古德曼先生说:“我们认为警方调查不周密,地方法庭结论不正确，因此提出上诉。事实是陈珠弟的死亡，与我的客户毫无关系。我们不否认陈珠弟死亡时，我的客户在场。可是我的客户当时在现场，并不说明陈珠弟一定是我的客户伤害致死。”

鲁捷生想了想，说：“那么我想这样好不好？请你讲讲你的北京之行。你回来后发生很大变化，我想跟陈珠弟不会没有什么关系吧？”

别基又不声不响跑回来，在旁边桌上倒饮料。天很热，她和凯文在大太阳底下玩高尔夫球，当然口很渴。

骆明明大声说：“别基，你可以把饮料拿到草地上去，不用怕弄坏了草地，没关系，你不必来回跑路拿饮料。”

别基朝这边望了一眼，拿起饮料瓶，说：“是，谢谢，骆先生。”然后跑去找凯文。

骆明明头并不转回来，一直望着别基跑远的背影，说：“陈珠弟说在中国替我们找到一个大客户，要多少钱有多少钱。我挺高兴，同意回国去签这个约。陈珠弟先去，我后去，在北京我们两个没见过几面，她忙得要命。你想嘛，既然人家给我们那么大个客户，当然大大小小的头儿都得轮着跟美国来的陈小姐睡一夜。你多少年没回过中国了？”

鲁捷生回答：“从八三年来了以后，一次都没回去过。”

骆明明说：“我也是一样，来美国十几年之后，头一次回国。想象不到，北京变了大样。对发财的无上崇拜，追求金钱的疯狂。也许有人觉得是经济发达，我可觉得发愁。一个民族缺乏理性，总处于一种疯狂状态，那就危险，早晚会发生动乱，咱们都是过来人。眼下这种对金钱的疯狂崇拜，谁能担保不会导致一场社会大浩劫。”

鲁捷生有些惊奇地望着骆明明，他原以为骆明明只是个不择手段赚黑心钱的商人，靠从事色情买卖发财，起码不够道德吧。万没想到，他心里居然积淀那么沉重的一种忧思。也许是吧，中国人甭管到哪儿，找不到几个心里真轻松的。

骆明明并不理会鲁捷生的眼光和想法，继续望着远处高尔夫球场的草地，讲述他的北京之行："中国电视上天天演连续剧，一色的暴发户成功故事，变着法表现豪华生活。当然也就是他们能有的那点想象，开辆奔驰啦，拿个手机啦，住高级酒店啦，大吃大喝啦，整个儿下三滥。美国百万富翁谁那样，起码我就不那样。可中国人还就爱看那些戏，也是，自己发不了财，过不上那种日子，看电视过干瘾。”

鲁捷生笑了，说："你这可是对同胞们太损点儿了，不见得吧。”

骆明明不理他，接着说："不知道陈珠弟怎么吹的，我一到北京，人都把我当成全世界最大的大款，跟苍蝇见了粪一样，那份献媚取宠，报纸电视天天追着报道，美国总统到北京怕也不过如此。咱们出国那年头，能吃盘木须肉就算不错了吧？我到现在午饭也还不过就是一个三明治。现在北京城里，燕窝熊掌请客都不够格了，人家请我喝金汤，你信吗？古时候皇上赐人死，赏吞金，吃金子是死人的事。北京人比阔，就来这一套。汤端上来，面儿上真漂一层薄薄的金箔，我看着，心里又怕又痛，不碰。旁边陪着的人真喝，不怕死，还评论这家的好那家的不好。金子有什么滋味？好喝得了么？至于富到那份儿上，拿金子煮汤喝吗？美国富，没听说谁起过喝金汤的念头。就那么昏天黑地过了一星期，后来有一天……”

他忽然嗓子里打个顿，停下来，转过脸，低头连连喝了两口酒，沉默下来。鲁捷生觉出他有点情绪波动，不作声，等着他。

骆明明呼了一口气，接着说：“后来有一天晚上，热闹过后，我站在酒店阳台上吹风，看着脚下大街灯红酒绿，忽然灵醒过来，回北京有件要紧事，我得给母亲扫扫墓。第二天一早我溜出去，扫墓这事不能前呼后拥。我一个人到西郊陵园，跪在我妈墓前，想起小时候。妈带着我在东安市场排队买鞋，到粮站买米买面，去小铺打油倒醋。那时候吃不饱，妈都省了给我。一个月五两油，没法炒菜，只能煮着吃。妈常带我去北海划船，到香山看红叶，给我讲故事，剪纸人。一下子我悟出来，眼下这日子没劲，没劲透了。有了钱就怎么了？有了钱就有快乐？喝金汤就是快乐？睡陈珠弟就是快乐？一大帮人，认识的，不认识的，从早到晚围着打转，冲着我来的？我比以前长漂亮了，还是比以前和善了？狗屁，我还不明白，冲着钱来的。根本没人爱我，没人尊重我，人眼睛里看的，心里爱的，就是我的钱。如果我今天忽然一分钱都没了，他们还会屁颠颠跟着跑，说好话，装笑脸么？要是我一分钱都没有了，就没一个人愿意理我，除了我妈，可我妈已经死了。我明白了，这个世界上，数我最孤独，最寂寞，没一个人真心爱我，没一个人真心关怀我。我就像那个古老的阿拉伯故事里的人，守着成堆的金子银子，最后饿死。”

鲁捷生同意他的话，说：“也没办法，中国社会转型，从大家贫穷走向贫富不均，就把人性中的贪婪、残酷和虚伪都爆发出来。”

骆明明摇头说:“法国原始积累时期,人类历史头一回,人都不明白是怎么回事,只能那么着过来。两百年之后,咱补课,还不明白? 人家深恶痛绝,抛弃了一百多年的臭狗屎,咱如今又都捡来,重新吃一回,那就叫现代化? 弥天大谎。”

别基老远见三个人好一阵静静坐着发愣,没人说话,也不喝酒,便跑近几步,问:“谈完了吗?”

鲁捷生这才灵醒过来,说:“没有,还没有。”

骆明明还沉浸在自己的思绪里,没有听到别基问话,又接着说:“你说,咱中国人是真那么愚蠢? 外国人不了解,瞎起哄,咱自己也不了解? 我觉着在北京没法待了,第二天回美国,约不签了。不跟他们来往,不鼓动那些恶棍们毁咱们中国。”

鲁捷生心里很感动,他几乎可以确定,骆明明不可能杀害陈珠弟。

别基这时领着凯文走回来,坐在旁边桌边阴凉下,猛喝饮料。

骆明明忽然转过头,大声问:“玩好了吗? 凯文,会打高尔夫了吗?”

凯文喝够了水,举手抹着嘴巴,说:“别基打得比我好,她可以打到洞里去。爸爸,我热死了,能去游泳吗?”

鲁捷生摇头说:“我们没有那么多时间,游泳很麻烦,又要换衣服,好几个钟头才够。”

凯文不高兴,低下头不声响。

骆明明站起来说:“我们到那边去玩克鲁克球,很好玩的。”

凯文跟着骆明明往廊子顶头走,头也不回。

别基望着鲁捷生,问:“你跟我们一块玩一会儿吗?”

鲁捷生摇摇头，说："不行，我们谈话还没有完，你去玩吧。"

别基很失望地转身，慢慢地走了。

古德曼先生歪过身子，轻声对鲁捷生说："你去跟他们玩一会儿，没关系的，别让她太失望了。我们还有时间，玩够了再继续。"

鲁捷生干巴巴地说："古德曼先生，我来这里是为了工作，不是来玩的。请你去把骆先生叫回来，好吗？"

古德曼先生有些惊奇地看看鲁捷生，不再说话，站起身来。这时骆明明也正走回桌边来，重新坐下，拿起酒杯，说："克鲁克球在英国很流行，美国人玩的不多。"

鲁捷生看他一眼，不接这个话题，问道："对不起，他们打断谈话。骆先生，就是说，你不签中国那个约，一声不响私自溜走，惹得陈珠弟大怒，跟你发生冲突。"

"那是，白跟好几十满嘴口臭的头儿睡了觉，到头来一分钱没有，她当然不干。"骆明明说完，恶意地冷笑一下。

鲁捷生看一眼古德曼先生，说："而且你后来还要出售自己的公司，改办不盈利机构，陈珠弟也反对。"

骆明明说："她反对，激烈反对。她参加我的公司，拼命工作，目的是多赚钱。我改成非盈利机构，就断了她赚钱的路。天天闹，我躲到旧金山。她居然找到我，半夜三更冲进公寓跟我吵，骂我狼心狗肺，说她最宝贵的几年青春时间，替我卖命，到头来被一脚踢开，现在她人老了，男人也找不到，家也建立不起来，钱也赚不到，一无所有，她只好到大街上去卖淫为生。什么难听的话都说出来，反反复复哭喊，烦死人了。"

鲁捷生说："所以，从警局调查和化验结果来看，你动手打了她。”

骆明明说:“确实,我从来没有否认过,我怎么叫她住嘴都没用,她一句不听,我只好打了她一记耳光,让她清醒一下。可是只打了那一记,绝没有第二下,而且绝没有伤害她,更没有杀死她。”

鲁捷生问:“那么她怎么会死的呢?急救车确确实实从你公寓里把她接走,送到医院。”

骆明明说:“那没错,是我打 911 电话,叫来急救车。我打过她那记耳光之后,她只流了点鼻血,所以我手上沾了她的血迹,其实一点事都没有,她甚至不要我帮她找棉花球堵鼻孔。她自己捏住鼻子,还又骂了我好半天。忽然之间,正大喊大叫,突然倒下,摔到地上,脸上血色一层一层退掉,两眼翻白,说不出话。我不知怎么了,只有叫急救车。急救车来的时候,她清醒过来,还跟急救员说了几句话。谁也想不到,到医院急救室没几分钟就死了。”

鲁捷生记在笔记本上,边问:“你以前知道陈珠弟患有什么病吗?”

骆明明摇摇头,说:“不知道,一点不知道。这情况我也对旧金山警局讲过。”

古德曼先生插话说:“关于陈珠弟的死因,医院解剖有过结论,是突发性脑血管破裂所致,旧金山地检署认为是挨打所致,不肯去想也许还有别的原因,比如生理原因。”

鲁捷生说:“陈珠弟会突然发生脑血管破裂,总还是与骆先生打她有关吧?否则好端端的,她的脑血管怎么会突然破裂?”

骆明明说:“那我怎么晓得?也许她心脑血管出问题很久了,没跟人说过。她那种人,一心一意要事业成功,要发财致富,期望很高，心脑出毛病的可能性很大。也许她的脑血管早已破裂了，专门跑来嫁祸给我。她活不好，也不让我活好。”

鲁捷生问：“我有什么办法找到陈珠弟过去的健康记录吗？”

骆明明说：“那我怎么知道，警局调查了那么久，还不全吗？公司给职工医疗福利，我从来不管。我自己没见过陈珠弟请假去看医生，也许她从来没去过医院。很多中国人都不信任美国医药，不愿意去美国医院看病。”

鲁捷生问：“那么你知道她看过哪个中国医生吗？比如纽约中国城的中国医生诊所，她去看过吗？”

骆明明说：“那我更不知道了。我早告诉你，我跟她只有几天的个人关系，后来再没有同居过，她的事我一点儿都不晓得，也不想知道。不过她为了拉客户，经常跟不同的人上床，恐怕至少避孕措施不可少吧？她那次拿怀孕要挟我，我不信。我们同居时候，我亲眼看见她吃避孕药。所以我想，总有医生给她开避孕药吧？从来没问过，没想到过日后需要这种信息给自己摘罪名。也许那医生也检查她的身体，至少她胡乱跟人发生性关系，不会不怕传染艾滋病。”

鲁捷生眼睛一亮，这可是今天最大的一条收获，他可以去追查，总会有点结果。可是他没把这话对骆明明说出来。

古德曼先生站起身来，对鲁捷生说：“我想今天可以结束了吧？再没有更多的好说了。”

鲁捷生看看手表，站起来说：“对，今天就到这里了，谢谢骆先生花这么多时间跟我谈话。”

骆明明也站起来，跟鲁捷生握着手，说：“已经三点半了，一起玩玩，四点钟厨师就回来，晚上一起吃饭。我的厨师真是意大利人，手艺不坏。”

“不了，我们还是走吧，还要赶路到别处去。”鲁捷生说完，转身对廊外玩着的别基和凯文招招手，喊，“我们走啦，好吧？”

骆明明还说：“不急，不急，今晚就住这里。明天星期六，有什么急事？又是独立日长周末，星期一不上班，急什么嘛。”

鲁捷生不答话，只顾急急忙忙收拾自己的公文包。

凯文还不想走，可是别基高高兴兴拉着凯文走过来，她早烦了，想跟鲁捷生一起离开这里。

古德曼先生插嘴，对骆明明说：“鲁先生是检察长，他来跟你谈话问案子，不能跟你有个人关系。”

骆明明只好有气无力地说：“那就没办法了。这样吧，等案子了结之后你们再来，一起再来玩，好吗？”

“好的，好的。”鲁捷生一边连声说，再次跟骆明明握手，又说，“我想，我们不必再进屋去了，从旁边绕到前头就好了。”

骆明明说：“可以，那边走，几步路就绕过去了。别基，请把那些饮料都拿上，不是还要赶路吗？路上喝，都拿上，对，好，谢谢。”

几个人说着话，提着东西，绕过房子，走到前门口。

鲁捷生打开林肯车门，把公文包放进去，转身跟骆明明和古德曼先生再次握手，说：“保持联络，有什么情况，我会随时通知古德曼先生。”

别基抱着凯文，放到后座的儿童座位上，绑好安全带，关了后车门，然后转身对骆明明笑一笑，说：“谢谢你，骆先生，让我们玩高尔夫和克鲁克。很有意思，玩得很好。”

骆明明摆摆手，说："要谢谢你们赏光，下次再来，一起游泳，打网球。"

双方说着客气话道别，鲁捷生坐进车，发动马达，慢慢离开骆明明家的车道，出栏杆门，上了街。临转弯的时候，别基再次扭头看看。

鲁捷生说："房子可真够大的，是吧？"

别基摇摇头，说："住那么大房子，活得那么糟糕，真想不到。"

鲁捷生笑了一下，看别基一眼，顺嘴说："他也是个中国人嘛。"

别基转过脸，盯着鲁捷生，惊奇地问："你这是什么话？难道中国人就该生活不幸吗？"

鲁捷生又笑了，说："我不是那意思。不过中国人通常只知不停地追求成功，而不大懂得享受生活。有人追求的成功，是子孙满堂。有人追求的成功，是位高权重。有人追求的成功，是钱大气粗。有人追求的成功，是声名冲天。不管是什么，总要追求点什么，而且要追求一辈子，永远没有满足的一刻。中国人的生活，总是在渴望和失望的混和之中度过，所以总是很不幸。"

别基转而望着窗外旁边缓缓并行的车流，说："没听说过，追求成功一定要拿生活的幸福做代价。"

鲁捷生说："也不见得，那要看生活幸福是什么样的标准。有人以为手上握有生杀大权是一种幸福，有人以为腰缠万贯住高楼吃美味是幸福，也有人以为能包养二奶随意性交是幸福。中国人对生活的全部了解，只是他们出生成长的那个村子，那个镇子，那个城市，他们的邻居，他们的同事，他们的上司，他们不知道生活可能达到一种怎样的水平。不过中国人却亲身体验，明白贫穷一定不幸福，所以现在财富成了他们唯一的追求。”

别基说：“贫困的人并不一定不幸福，富足的人也并不一定就幸福。你看这位骆先生，生活幸福吗？还闹出人命来，简直糟透了。”

鲁捷生说：“我想他不会放着好好的日子不过，去杀害陈珠弟，惹是生非。”

别基说：“就算没有杀人，他日子过得也不怎么好，孤孤独独一个人，不爱别人，也没人爱他，真是大悲剧。”

鲁捷生笑了，说：“我相信，只要到他家来一趟，十亿中国人会羡慕他，什么都肯为他做。”

别基摇头说：“那太难以想象了。”

鲁捷生说：“美国人永远不会懂得中国人怎样看待生活，因为美国人永远也想象不出中国人的生活曾经多么穷困和艰苦。同样，中国人永远不会理解美国人怎样定义幸福，因为中国人也永远想象不出美国人有多么的富足和自由……”

正说着，别基忽然举手指着前面，叫起来：“换线，换线，前面要上高速公路了，看，那边，那边，二十五号公路入口，换……”

随着别基的叫声，鲁捷生忙转动方向盘，从左线换到右线，对准上二十五号公路的入口弯道。

别基突然又惊叫：“喂，喂，你走哪儿去？这边，这边，右线才往南走，你要上北行线了……”

听别基这样惊叫着，鲁捷生又本能地死命转动方向，几乎硬把车头转了个直角，总算没有错过公路进口，转进上路弯道。

别基长呼了一口气，皱着眉头瞪鲁捷生，说："想什么呢？吓死人了。"

星期五下午四五点钟，全美国所有的高速公路都是最拥挤的尖峰时段，二十五号联邦州际高速公路也不例外，四条车道都挤得满满的。还没进路，远远便看见这景象，鲁捷生叹了口气，对别基抱歉说："忘了该往南走，光想着往北，还以为要去飞机场呢。"

"去飞机场干什么？回加州？又去工作？长周末……"别基嘴里还说着，突然变了声惊叫，"停车，停车，停——!"

鲁捷生随着别基尖叫，本能地猛踩刹车，同时使力右扯方向盘，听得轮下吱吱作响，鼻子里马上闻到胶皮烧焦的臭味，车身打着抖，朝右边横着偏过去，车头刚刚错过前面车子的尾巴，顶多只有两公分。鲁捷生一口气还没有松开，便感到车身一震，车后通的一声响，鲁捷生和别基身体猛烈往前一闪，后座上凯文惊嚎起来。

第八章

他们出了车祸。

鲁捷生因为差点错过公路入口，慌慌张张拐进南向进口，又看见公路上塞车，心里懊恼，一时没有注意到前面进口弯路和公路车道并线的地方，已经有三部车子撞在一起了。别基的一声惊叫，救了鲁捷生，刹车转向，总算躲过，自己的车没有撞到前面已经撞坏了的车上，可是后面的车却没有来得及躲避，撞到他们车的尾巴了。接着，更后面又有两三部车子，叮叮啷啷，连锁相撞。前后左右，所有车里的人都急忙跳出来，查看各自车的碰伤，大声叹气，却也没有人喊叫相骂。

别基顾不上别的，先把后车门打开，解开儿童座安全带，把凯文抱出来，给他擦眼泪。凯文本来还哭着，出了车子望望前后，这么六七部车子撞到一起，倒也新鲜，便忘了惊恐，停住哭，只顾看。

鲁捷生仍然呆坐在驾驶座位上，一动不动，心有余悸。

左侧公路上的四条车道上，挤满车流，慢慢蠕动，谁也不停下来，都趴在右侧车窗张望这条入口线上的车祸。两辆警车已经响着警笛，在公路上的车缝中间挤过来。警察们一到，马上先在路面上摆下火标，封锁现场，把公路上四条车道并为三条，一律靠左，不准驶进车祸现场，以免碰伤这几部车上出来的人。

别基抱着凯文，到车子后面，看看车尾撞的模样，然后绕过车子到左侧，隔着车窗，笑着对鲁捷生说："你手脚倒还挺快，我们没有撞上前面的车，真是万幸。"

也许别基这句话把鲁捷生从惊恐的麻木中唤醒，他突然两手猛在方向盘上一拍，满脸通红，大喘着气，凶狠狠地骂出口："妈的，真他妈倒霉透了。"

别基把肩膀上凯文的头转过去，不让他看见鲁捷生的样子，一边说："你讲话小心点，不要当着凯文说脏话。"

鲁捷生继续挥手猛砸着方向盘，可不再吼叫。

别基说："这是前面连锁碰车，完全不是我们的责任，租车公司没理由收我们修车费。而且我们也没有撞到前面的车子，租车公司甚至不用付前面车子的修车费，我们的车子是后面车子碰的，要修也得后面车子的保险公司付，你急什么。"

鲁捷生使劲摇头，闭着眼睛喊："我急什么？我急什么？我不急什么车祸责任，什么修车费，我急我得坐在这儿几个钟头，好端端地浪费时间。"

别基咯咯咯笑起来，打趣说：“你本来不是走到哪儿都能工作吗？电脑打开，就坐在这儿工作吧，外面的交涉都有我呢。”

鲁捷生简直气疯了，把前额头往方向盘上撞了几下，然后头顶着方向盘，闭着眼睛，不动了。

别基说：“不就出点车祸嘛，有什么了不起，值得这么发脾气吗？”

鲁捷生从方向盘上扬起脸来，大叫：“没什么了不起，没什么了不起，对你，当然没什么了不起，你没有工作，没有压力，你有的是时间，你可以坐在这里享受这起车祸。我可没那么幸运，我耽误不起时间，我有处理不完的案子，我得工作，日日夜夜地工作，没死没活地工作。你多好啊，回家看看吧，过个快乐的周末，哼，如果不是回家看看，会碰上这倒霉的车祸吗？我……”

别基不声不响，抱着凯文快步绕过车子，拉开后车门，把凯文放上儿童车座，绑好安全带，然后走到前座窗前，抹抹眼睛，对车里的鲁捷生说：“我去跟他们讲，马上送你去飞机场，回加州去工作。”

这几分钟，又已经来了好几车警察，参与处理这起大车祸。

鲁捷生转着头，从右车窗看过去。别基甩甩头发，走到路边一个警察跟前，对他说了几句什么话，然后转身指指他们的车子，继续说什么。最后她领着那个警察走到车跟前，自己远远站在后面。

警察走到驾驶座窗前，弯腰看着鲁捷生，问：“你是加州副总检察长？”

鲁捷生点点头，答说：“是，警官先生。”

警察转头看看站在后面的别基，说："那位小姐说，你有急事，需要马上赶到飞机场回加州，她可以留在这里现场处理这个事故。"

鲁捷生转头看看别基，她转过身子，向别处望，不看他。

警察说："我去向上司报告一下，可以开警车送你直接去机场，你这部车子现在不能开走。这样安排可以吗？那是你的孩子吗？哦，你要现在把孩子一起带走呢？还是让他跟那位小姐在一起？"

鲁捷生喘了一口气，哑着喉咙，说："谢谢你，警官先生，我想，我还是等一等，跟他们在一起更好。我有很多急事，你知道，检察官永远有办不完的案子，可是……我想，不必麻烦你了。"

警察点点头，说："我想也是。又是因为前面开车打手机惹事故，已经把肇事者逮捕了，不会拖太久。这个周末，还是放松一下吧。"

鲁捷生苦笑一声，说："碰上这么一件倒霉事，还能放松吗？"

警察直起腰，看看远处的别基，又回头对鲁捷生说："跟这么好的姑娘在一起，怎么不放松呢？再见，阁下，尽享周末快乐。"

说完，警察走过去，跟别基说了几句话，对她敬了个礼，走开去继续自己的职守。

别基站着，两手抱在胸前，远远看了车里的鲁捷生几眼，又转过身，望着公路上的车流，不动身子。

鲁捷生在车里，转身过去，伸手到后座，解开儿童车座安全带，对凯文说："凯文，你过去把别基叫回来，好吗？小心点，不要乱跑，看着车。"

凯文跳下车座，自己拉开后车门，跳下车，绕过车子，朝别基冲过去，一边大叫:“别基，别基……”

别基听到喊声，忙转过身，看见凯文在路上跑，连忙惊恐地左右看看，拔脚迎向凯文，三脚两步到跟前，一把把凯文抱进怀里，然后快步走到车子跟前，气急败坏朝鲁捷生嚷:“你疯了，高速公路上让凯文乱跑。”

鲁捷生扯动嘴角，似笑非笑，动了一动，没说话。

别基又绕过车子，拉开车门，把凯文放回后座上，绑好安全带，然后自己回进前座坐好，说:“给你说好了，为什么又不要回加州了?”

鲁捷生说:“到处没人上班，上班也干不了什么。”

别基哼了一声，不讲话，扭头看着车窗外。

鲁捷生盯着车前面走动的警察，默默看了一阵，叹口气，说:“只是不知道我们要这样坐多久，才能走。”

别基忽然伸手到驾驶台前，把车钥匙拔下来，推门出车，从口袋里掏出电话，举着手里的车钥匙，照着上面绑的租车公司牌上印的号码拨通，然后关好车门，靠在车身上，等人接听。

鲁捷生也开门出车，隔着车顶看别基，问:“租车公司现在能帮什么忙?”

显然是有人接听了电话，别基开了口:“哈罗，我叫别基。今天上午我们在你们丹佛国际机场的车场租了一辆车，不，不是在我的名下，是在鲁捷生的名下，对，鲁，对，加州驾照，一辆林肯，你查到记录了吗? 呵，我是他的女朋友，我们一起租的……”

别基说这句话，底气有点不足，脸也红起来，可为了免去过多解释，非这么说不可，对方隔着电话，反正也看不见。她从车边站直身子，朝车后走，一边继续说："我们有了一点麻烦，遇见一起连锁撞车……不，不，我们的车没有撞别人，可是后面的车子撞了我们……对，警察已经到现场了，正在处理。我相信我们没有任何责任，你们也用不着给任何人付任何费用。再说我们租车的时候，买了全保险，本来出事故也不用我们再付钱修车，对不对……是，我也这样想……是这样，德仑，你是叫德仑吧？好，我们还要赶很远的路，天已经不早，我们不能再等太久……不，这辆车没有坏太多，只有右尾灯碎了，车尾保险杠瘪了一块，能开走。可是警察不处理完，不会放车。我想请你们派人另外送辆车来，给我们换了，让我们走。你们公司来的人可以在这里等警察办完事，把这辆车开回公司去。你看这主意怎么样？"

说完这一段，别基静了几秒钟，转头看看鲁捷生，也许对方在查看，派车容易派人难，谁有多余的人工和时间呢。鲁捷生站在车子另一侧，两臂搭在车顶上，望着别基。

"是，"别基转过脸，又开始对电话说话，"我想你们在丹佛科技中心区应该有办公室吧？那就好，很近。我们在二十五号公路的柏利幽大道进口弯道上，你们的人一到这里就看见了。相撞的这一群车里，只有我们一辆林肯，黑色的，很好认……好，还是一辆林肯吗？那太好了。我们现在就找警察，把我们该做的证词都做完，你们车子一送来，我们就可以上路了。谢谢，德仑，你真肯帮忙。"

别基关掉电话，转头看鲁捷生一眼，然后朝一个警察走过去，跟他讲了一阵。那警察手里拿个小本子，仔仔细细记录下来。然后别基从一直挂在肩上的小皮包里取出钱包，抽出驾照，递给警察，让他记录下号码资料，显然也告诉了手机电话号码。然后领着那警察，走到他们的车子跟前，查看记录了车尾的损伤情况，又到鲁捷生跟前，登记他的驾照号码资料，同时取几句他的证词。别基从车里拿出汽车租约，递给警察登记。

这时一辆铁灰色林肯从公路进口慢慢挤进来，显然是租车公司派的车到了。那人把车开到鲁捷生的车子跟前，停下来。

警察转过身，看了一眼，回头问别基："你们就是要换这一辆吗？"

别基回答："是，警官阁下，如果你许可我们离开。"

警察看看手里的记录，点点头，说："如果有其他问题，我会打电话找你询问。"

别基指指送车来的那人，说："他会留在这里开走这车子。"

"好吧，总检察长先生，你们可以走了。"警察说完，转身走开。

租车公司的人手里拿一份文件，走到鲁捷生跟前，递给他，说："这是这辆车的租约，请你签个字。另外请把那辆撞坏的车的租约和钥匙交还给我。"

鲁捷生接过新租约，转身趴在黑林肯车顶上签字。别基走过来，把那份旧的租约和钥匙一起递给租车公司的人。那人从腰里取下一个手提数码扫描器，对准那文件一扫，然后弯腰把扫描器伸进黑林肯车窗，对准车上的仪表盘一扫，扫描器下端便印出一张收据，那人一边从车窗边缩回身子，一边撕下那张收据，递给鲁捷生，说："请你收好这张收据，到交还这辆灰林肯的时候，一起交给柜台服务员，他会一起算账。"

鲁捷生把签好字的新租约还给那人，问："那么我们可以走了吗？"

那人接过租约，撕下最下面一联，交给鲁捷生，说："对，你们可以走了，这是钥匙。要我帮你们把东西搬到这辆车上吗？"

鲁捷生说："那太谢谢你了，我们快一点，不要挡路挡得太久。"

别基从黑林肯上抱下凯文，卸下儿童车座，换到灰林肯后座上，安顿凯文。鲁捷生开了两个车的车门，从黑林肯里，一件一件把东西连提带拿换到灰林肯里。那租车公司的人也打开两个车的后货舱，把提包衣箱也都提过来放好。

十分钟后，别基和凯文都在铁灰林肯车里坐好，鲁捷生转动钥匙，发动了车子，拧开收音机，调到古典音乐台，然后朝站在车外那个租车公司的人招招手。

那人也招招手，笑着说："祝你们一路平安，周末愉快。"

他们又上路了。前后拖延了几乎一个钟头，二十五号公路塞车高峰好像到了尾声，虽然还不能开到六十五英里的时速，但也相当疏通，车子可以一直走动，一停不停。三个人都不说话。鲁捷生不说话。别基也不说话。勃拉姆斯的《匈牙利舞曲》轻快跳动。

过了二十多分钟，终于开出丹佛科技中心区，路上车辆马上减少，所有的车子都立刻加大油门，奔到八十多英里时速，似乎想把刚才塞车失去的时间补救回来。

鲁捷生也猛踩油门，开到八十五英里，林肯车好，开这么快也一点不震动。三个人还是都不言不语。别基不开口。鲁捷生也不讲话。凯文只顾看外面，自然不说话。十首勃拉姆斯的《匈牙利舞曲》全部播完，电台换佛沃蒂的弦乐组曲《四季》。

很快开出大丹佛都会地区，公路两边不见了高楼大厦，左手边一马平川，右手远处是紫云环绕的洛基山群峰，层层叠叠，苍茫巍峨。再开二三十分钟，山峰坡地上绿树越来越茂密。丹佛往西的洛基山，虽然高大，却都覆盖干草，没有多少树木，远远看去，像一片枯黄的干土地。而顺二十五号公路往南开，右面倒是满目苍峰翠岭。

鲁捷生以前没有到这边来过，看了心里喜欢，禁不住说："这里比丹佛城里好看得多。"

别基扭着头，不理他。

鲁捷生又说："你家那边也这么好看吗？"

别基仍然扭着头，还是不理他。

鲁捷生又闷声不响了几分钟，终于说："对不起，别基，刚才是我的错，我……一时失控，说了错话，真对不起。"

别基干脆把车窗打开，把头伸出去，让风猛吹自己的头发。

鲁捷生又说："我自己也不知道我胡说了些什么，惹你生气，你也照样骂我一顿，解解气，行不行？我们总不能就这样一句话不说，开到你家去。到了你家怎么办呢？还是不讲话？"

凯文在后面忽然叫："吹死了，吹死了。"

"哦，对不起。"别基回头看了凯文一眼，赶忙把车窗关起来。

鲁捷生不说话，把车里冷气再开大一些，等着别基开口。

过了几分钟，别基突然说："前面有个路口，你可以掉转车头了。"

鲁捷生问："掉转车头做什么？"

别基说："你不是要去飞机场吗？要回加州吗？你不是忙得要命吗？时时刻刻要工作吗？哪里能像我这样的闲人，从来没工作，从来没压力，只会吃喝玩乐，荒废时间。你掉车头呀？怎么不掉头？不回飞机场？去我家干什么？没事找事，惹一场麻烦，算了，你停车，把我放下来，我自己拦车回家去。你们两个走吧，掉转头，回加州去。"

鲁捷生等别基说完，静了一静，才说："这是我刚才发脾气说的话吗？实在对不起，那些浑话，不是我真心，不是我原意，请你原谅，行吗？告诉你，我从小就有这么个坏脾气，只能成功，不能失败。只要遇到一点挫折，做错一点事，我就不能容忍，大发脾气。其实我是跟自己怄气，觉得自己很了不起，不会做错任何事情，可是居然犯了错，所以心里特别难过，不停地骂自己。刚才骂出来的那些话，其实是骂我自己的。"

别基终于转过脸来，直望着鲁捷生，说："什么骂你自己，你明明一直在骂我，好像公路上别人出了车祸，也是我的罪过。都是我要带你回家，才碰上那桩倒霉事。"

鲁捷生说："你说得不错，这是我的毛病，我妈妈说过好几次。比如开车吧，我到美国十几年了，开了十几年车，从没出过一次交通事故，很少人做得到吧。所以像刚才，居然出了车祸，我不肯接受，不相信我会没看到前面的车祸，会差一点撞上别人的车，会让后面的车撞上。说到底，我竟然也不过是个平常人，一点不比别人更精明。这让我难以接受，我不愿意承认，所以找各种各样外部理由，说明出那个错不是我自己的失误，而是别人的原因。不过那是嘴硬而已，我自己心里比谁都明白，所以越是那样骂别人，心里的自责其实越重。这话说给你听，你大概也不信，可这是真的。从小我就是这样，到现在，经过那么多折磨，妈妈去世了，我还是这样子，真是江山易改，本性难移。”

别基说：“你以为我是笨蛋，我是受气包？告诉你，我不能忍受你那样骂我。”

鲁捷生说：“没有，绝对没有，我怎么会把你当成大笨蛋，不会，绝对不会。我无论如何没想到，你遇到事变会那么镇定，心境那么宽松，思想又那么敏捷，能想出办法，跟警察交涉，跟租车公司交涉，条条有理，事事办妥。如果不是跟你在一起，我恐怕要在那里呆坐几个钟头，急得心尖瓣破裂。嘿，刚才我就在想，如果能永远跟你在一起，每次出门都有你跟着，那么不管遇到什么样的事情，都好像会轻松很多。我保证，真的，别基，我保证不管碰到什么事情，绝不会再对你吼叫，你相信我吗？”

别基低着头，两手扭在一起，转来转去，半天不吭声。

鲁捷生沉浸在自己的思索中，继续感叹：“真的，能跟你在一起，真好，我再也不会生气，赌气，肯定能永远快快乐乐，刚才那个警察也这么忠告我呢。”

别基仍然不言语，等了一会儿，鲁捷生也不再说话。她便悄悄转过头，轻轻扬起眼角，瞥他一眼，目光充满快乐和温情。没有想到，好像有什么心灵感应，鲁捷生也在此时猛一转脸看她。他们的目光接触了，火辣辣的，仿能听见咔嚓一声响似的，空气都烤烫了。

鲁捷生微微笑了一下，转回头去看前面的路。

别基突然扭转身子，朝后看着凯文，问："凯文，要喝橘子水吗？"

凯文说："我们快到了吗？还要开多久呀？"

"快到了，快到了，"别基说着，解开自己的安全带，欠起身，从两个前座靠背之间的空档迈腿过去，坐到后座上凯文身旁，说，"你带的书呢？我来给你念书，《好奇的乔治》，好不好？"

鲁捷生插嘴说："嘿，开着车子怎么可以看书，摇来晃去，眼睛会看坏的。"

别基不知他是怕她看坏眼睛，还是怕凯文看坏眼睛，可她没有理他，说："凯文，我教你说歌谣吧，我小时候念的书，也是猴子。你听着：

Five little monkeys were jumping on the bed,

One fell off and bumped his head,

Mama called a doctor and the doctor said,

No more monkeys jumping on the bed.

Four little monkeys were jumping on the bed,

One fell off and bumped his head,

Mama called a doctor and the doctor said,

No more monkeys jumping on the bed."

别基停下来，问："现在该几个了？凯文？"

凯文想了想，回答："该三个猴子在床上乱跳了。"

别基搂搂他的脑袋，说："真聪明，我们小凯文是个小天才。"

鲁捷生在前面笑了笑。

别基跟凯文一起说完跳床的猴子，又讲了几个猴子的故事，说:“好了,凯文,讲了许多了,我的嘴也干了。我们都喝点水,休息一会儿,好不好?”

“好吧。”凯文说,“我可以听耳机。”

别基说:“好主意,我给你录了那么多故事,你可以慢慢听,对不对?要不要我帮忙?”

“不要,我自己会。”凯文说着,便自己动手,戴好耳机,放好磁带,按了键。

别基递给凯文一纸盒饮料,插好吸管,凯文便一边听耳机,一边喝水。别基自己也打开一罐饮料,喝起来,她仍然坐在后座上,不换到前面去,车里安静下来。

过了一会儿,别基忽然问:“你要不要点喝的?捷生。”

鲁捷生摇摇头,过了一分钟,忽然说:“姐姐告诉我,父亲生病了,不轻,住院了。”

别基听了,吃了一惊,向前探着身子,两手抓着驾驶座靠背上端,脸几乎贴到鲁捷生耳边,说:“你应该回去看看吧?怎么不早说?”

鲁捷生感得到耳边别基说话的吹气,头皮痒痒的,摇摇脖子,说:“昨天才接到姐姐电话,父亲住院三天了。”

别基说:“那你真不该跟我回我家了,你该马上回中国去。”

鲁捷生说:“你看见了,我实在太忙,工作离不开。”

别基有点不高兴,手松开面前靠背,坐回后座,说:“你真不可理喻。为了工作,不顾家吗?是你的工作要紧,还是父亲生病要紧?你说过,母亲病重的时候,你没有能去回看她一眼,造成终生遗憾。现在父亲病重,你不要再重演那一场悲剧。”

鲁捷生静了一静，叹口气，低声说："从接到父亲那封信，告诉母亲去世的消息，我再也没有跟他联络过。他写过几封信来，我一封都没有再回过，我不能原谅他。到现在十多年了，他好像已经没有我这个儿子，病重住院也并没有来信通知我，我现在就是想回去也不敢。他看见我，一定很生气。"

别基说："他不会生你的气，他是父亲，看到你，会高兴。"

鲁捷生又是一阵不说话，最后才说："看吧。"

别基说："带凯文回去，你父亲还没有见他的孙儿吧？你带凯文回去，老人家再怎么也不会生你的气了，谁会跟小孩子闹气。"

鲁捷生说："下周我还得到华盛顿去一次，要开几个会。"

别基说："那有什么，打个电话去，推迟几天。就是美国总统找你，他也得通点人性，允许你回家探望父亲的病。"

鲁捷生不再说话，继续默默开车。

又过十几分钟，别基忽然说："前面那个出口下路，朝右转，顺路一直走进去，大概一个钟头就到了。"

离开公路，在弯弯曲曲的小路上盘旋几十分钟。同样是洛基山，七十号公路两侧，因为山势适合，交通方便，修建了许多滑雪场，所以世界闻名，成了科罗拉多州最富足的地区。而别基家所在的这地方，洛基山里面，没有滑雪场，远离高速公路，所以还是一派未开发的山区景象。山里树林丛绿繁杂，虽不像七十号公路两边那样经过修整维护，却更显天然，茂密浓绿中偶有若干枯树挺立，伸张枝干。林间地上积满厚厚的落叶，经年不除，又得不到足够的阳光，潮湿腐烂，发出淡淡的臭味。路边草地上散落开放的野花，黄的红的粉的蓝的，摇摇晃晃，虽然就在路边，因为并没有很多车子经过，所以仍是一尘不染，在阳光下艳丽欲滴。

鲁捷生开着车，在土路上颠簸着，左摇右晃，一边贪婪地张望外面的景色，赞赏道："真美呀，这地方。"

别基还是坐在后座上，陪着凯文，说："特别是大城市里住惯了的人，看到大自然，更迷住了。"

鲁捷生说："那倒也不错。我们在中国上学的时候，有时到山村去劳动，看见什么都觉得美。早晨初升的太阳，野花上的露水，高耸直立插入云天的山峰。可老乡们一点不觉得美，看见太阳升起来，就想到炎热和汗水。看见野草上的露水，就想到天还没亮就上工，裤腿都湿了。看见高山，就想到天天爬山种地的辛苦，腰酸腿疼。"

别基问："你们在山上种地吗？我的邻居里有人养马，有人开采石头，还有人养蜜蜂。从没听说过有人在山里种地，山里能种什么呢？"

鲁捷生说："美国天然资源好，绝大多数国土都是平原，又只有两百多年的开发历史，土地富饶肥沃，农业发达，人口少，一切农产品都过剩，当然不必多开发农用土地。中国不一样，国土绝大多数都是山区，平原极少，而且开发了几千年，已经十分贫瘠。中国农业水平落后，至今靠天吃饭，广种薄收，而且人口多，又特别讲究吃，中国人一年到头忙着顾嘴，还是不够。"

别基不说话，望着窗外，好像在努力地想象中国的景象。

鲁捷生忽然感到这样谈话太沉重了，便吸一口气，转话题，问："那么你们在这里出生长大，天天看，还会感觉到这里的美丽吗？"

别基脸色马上改变了，兴高采烈地说：“当然，我每天都会发现一点新鲜东西。我会用野花穿成帽饰或者项链，我会用树叶吹曲子，我会拿树木刻各种动物……凯文，明天我跟你一块刻，好不好?”

凯文大叫：“我要刻汽车和飞机。”

别基说：“好吧，我们刻汽车和飞机。我们爱这个地方，爸爸妈妈永远也不会搬到别的地方去的。”

鲁捷生说：“可是你离开了，跑到加州去了。”

别基说：“这里永远是我的家。”

他们说着话，到了一个很小的镇子，大概连镇子也称不上，不过在一个山窝里，相邻住了一二十户人家。几处老旧的木头房屋，前后左右，这里那里，杂草丛里堆放些破损的车辆农具，几个坏车轮。一条狗拖着尾巴，在路边静静地走，一声不叫。到处好像荒荒乱乱，穷困贫乏，鲁捷生在美国生活了十几年，如果不是亲眼见到，绝不会相信美国还会找得到这样的地方，穷乡僻壤。

晚上八点钟，如果在城里，大概还能看到天上的太阳，可是这里，因为山和树的遮挡，太阳早看不见了，所以显得暗淡。

按别基的指引，鲁捷生把车子停在一个门前。刚一停稳，别基便提着自己的小提包，冲出车去，往台阶上跑。她的妈妈显然也看见车子到了，马上推门冲出来，像个高中女学生一样，张着两臂，大喊大叫，把别基紧紧搂抱在怀里，眼泪也流下来，嘴里“小甜心，小蜜糖”不停地叫。

凯文背着他的小书包，远远站在汽车边，看着这一幕。鲁捷生左手握着一个纸袋，右手提着衣箱，站在凯文旁边，也望着台阶上的一对母女,真像电影里演的那样相见。别基母亲年纪不小,有五十多了吧,脸上很多皱纹,头发花白,可是神情欢乐,无忧无虑,使她显得年轻许多。她穿着一条半黄半白的短袖连衣裙,光着脚板,更像一个中学生。确实,美国人永远年轻。

别基从妈妈怀里挣出,转身指着,说:“妈妈,那就是凯文。”

“啊,凯文,小甜心,”别基的妈妈一边叫着,一边冲下台阶,冲到面前,蹲下身子,一把将凯文搂进怀里去。

凯文仰脸望着鲁捷生,好像有点怕,要哭出来的样子。

别基跟着跑过来,蹲在母亲身边,举手摸着凯文的头发,温和地说:“凯文,这是我的妈妈,她很爱你,等吃过饭,她会带你去骑马,好不好?”

这个提议转移了凯文的恐惧。他挣脱别基母亲的拥抱,望着别基,说:“我会骑马。”

别基站起来,领着他的手,说:“真的吗?你骑过吗?等一会儿我们看看你怎么骑。”

“你好,我是鲁捷生。”鲁捷生放下手里的衣箱,伸出手来。

“我叫特莉莎,欢迎你们到我家来。”别基的母亲握着鲁捷生的手,喜眉笑眼地看着他,又说,“别基对我讲了很多你的事。”

鲁捷生又弯腰提起地上的衣箱,说:“实在不好意思打搅你们。”

特莉莎说:“怎么说打搅,七月四日本来就是大聚会的日子,明天全村的人要聚会,你正好参加。再说还是你把我的别基带回家来了呀,我们要感谢你呢。”

“妈妈,进屋再说话吧。”别基领着凯文走上台阶,提起地上自己的提包，拉开房门，又回头叫。

特莉莎忙抬脚走起来，朝鲁捷生笑着，说："对，对，快走，进家去吃晚饭。我们等不到你们，早都吃过了，对不起。"

鲁捷生提着衣箱，随特莉莎走进家门，一边说："路上塞车，走得慢了。"

别基的爸爸站在屋子中间，刚刚搂抱过别基，正弯腰跟凯文握手，说："叫什么名字？几岁了？"

凯文回答："我叫凯文，四岁。"

别基的爸爸说："我叫约翰。你好，凯文，欢迎你到我家来。"

凯文说："约翰，你家里有马吗？别基要带我骑马。"

约翰笑了，说："我家里有好几匹马，你可以骑过瘾，不过要先吃过晚饭。"

特莉莎面朝楼上喊："戴维德，萧恩，都下来啦，别基回来了，帮忙把衣箱提上楼。"

凯文对约翰说："我不饿，不用吃晚饭。"

约翰说："骑马很累，很容易肚子饿，所以一定得吃得饱饱的才可以骑。"

凯文说："我现在就要吃。"

特莉莎笑了，说："对，马上吃，马上吃，我来弄给你们吃。"

两个高中生小伙子砰砰砰从楼上跑下来，站在楼梯口，看着鲁捷生。

别基已经跑进厨房去，一边喊叫："妈妈，我自己弄。"

特莉莎一边往厨房走，一边说："专门做的晚饭，通心粉，浇的汁都在碗里……"

约翰走来，握住鲁捷生的手，说："你好，我是约翰，欢迎你。"

"我叫鲁捷生，谢谢你们的邀请，给你们添麻烦了。"鲁捷生说着，伸出左手，把纸袋递给约翰，说，"据说这是一瓶很好的酒。"

约翰接过来，从纸袋里提出酒瓶，说："威士忌，正好明天聚会可以喝，谢谢。你在丹佛的公务办完了吗？别基说你来办案子。"

鲁捷生说："都办完了，这里办什么都挺方便。"

约翰笑了笑，说："小地方嘛，不像加州纽约那么事事难办。戴维德，帮鲁先生把衣箱拿上楼去。实在抱歉，鲁先生，你和凯文只好睡一间屋子，戴维德的房间，我们今天收拾过了，可是你晓得，一个高中生的屋子会什么样，跟动物园差不多，委屈一点。"

戴维德提了鲁捷生的衣箱，走到楼梯顶，大声喊："根本不是，爸爸，你瞎说，我的房间整洁得很。"

萧恩这时领着凯文到窗边，指给凯文看，房子后面一大片地，圈着白色的木栏杆，就是马场。

约翰指指沙发，说："请坐吧，喝点什么吗？"

鲁捷生说："不了，路上不停地喝，等会儿又要吃饭。那么戴维德怎么个睡法呢？我们睡他的房间。"

约翰摇摇头，说："我们有五个孩子，本来说要加盖两间屋子，可是一直也没有盖起来。五个孩子就在两间卧室里挤，别基和她的妹妹玛莉雅睡一屋。玛莉雅现在到亚特兰大去念大学，只有寒暑假回来。三个儿子小时候合住一间屋子，别基先念大学走了，后来玛莉雅又走了，三个男孩就分住两间，后来阿立克也上大学走了，戴维德和萧恩才各有了自己的房间。这几年寒暑假，几个孩子都回来的时候，还是照老样子挤着睡。他们都很亲近，挤一间屋子倒好，可以说一夜话。这两天你们睡戴维德的房间，别基睡萧恩的房间。他们两个男孩，到邻居同学家去挤一挤。”

鲁捷生心里很过意不去，说：“那真不好意思。别基没有跟我讲这情况，怎么可以把他们赶出去睡。我们还是去附近找间旅馆住好了。”

约翰说：“不要客气，我们这个小村子，大家都像一家人，孩子们你来我家睡，我去你家睡，是常有的事……”

特莉莎从厨房走到客厅，问：“开饭了，你们是在厨房吃，还是搬到餐厅里？”

鲁捷生站起来，说：“不要太忙了，就在厨房里吃吃算了。凯文，走，我们去吃晚饭，通心粉，你最爱吃啦。”

凯文从窗边沙发背上跳下来，跟鲁捷生一起，走进厨房去。走过特莉莎面前，她伸手摸摸凯文的头，笑着说：“真是个乖孩子。”

别基胸前戴着一件蓝色的围裙，把一盘一盘通心粉端到厨房的小圆桌上，看见鲁捷生和凯文走进来，指指桌面中间的一个瓦罐，说：“自己盛，那是肉汁。我妈妈做的肉汁，世界第一。”

鲁捷生帮忙凯文坐好，一边说：“谢谢你，特莉莎。”

“不客气，”特莉莎说完，过去对别基说，“你也坐下吃吧。喝什么吗？我给你们拿，明天大聚会，所以我们冰箱里什么都有。”

别基坐下来，帮忙给凯文的盘子里浇肉汁，说：“一路上喝饮料，喝得嘴里难受得很。我不要再喝了。”

鲁捷生自己浇着肉汁，说：“我也一样，一杯冰水最好。”

特莉莎便从头顶碗柜里拿出三个玻璃杯，拉开冰箱上面的冻箱，取出冰盒，给每个玻璃杯放几块冰块，然后从厨房角落的饮料罐堆里拿出一套六罐的饮用水，揪下三瓶，拧开盖，倒在三个玻璃杯里，杯里的冰块嗞嗞作响，让人马上感到清凉。

鲁捷生说："别基说得不错，特莉莎，你的肉汁真是世界第一，我从来没有吃过这么好吃的肉汁。"

特莉莎乐得合不拢嘴，连声说："谢谢，谢谢，那么多吃点。"一边把三杯冰水端上桌子。

别基拿餐纸帮凯文擦着嘴边的肉汁，说："慢慢吃，天还亮着呢，我们有时间去骑马的。"

凯文忙不迭说："萧恩说的，他陪我去骑马……"

别基摇摇头，手指指嘴巴，说："嗯，嗯，不要满嘴饭开口讲话。"

凯文不好意思地笑一笑，忙闭上嘴，嚼嘴里的通心粉。

特莉莎靠着水池站着，看着桌边的三个人，微微笑。

客厅里，约翰说："萧恩，去套马鞍吧，凯文吃完，要去骑马。"

戴维德已经下了楼，说："不用现在去套，凯文会想看看怎么套马鞍，也好玩。"

鲁捷生对特莉莎说："你这几个孩子都很懂事，真不容易。通常中学生很难对付。"

特莉莎说："我们这里，小地方，人都和气，村上只有一个小学，所有孩子都在一块长大，一块念书，所以没有什么坏毛病。到中学，要去很远的地方，二十几英里，每天坐校车来回，一放学就得回家，所以还主要都是在村里过，染不上外面大地方孩子的坏习气。"

萧恩走进厨房来，问凯文："还没吃完？快点吧。"

别基说："你不要催，他还没……"

凯文跳下椅子，说："我吃饱了，饱了。"

鲁捷生刚要说话，特莉莎已经挥手叫起来："去吧，去吧，不吃了。萧恩，戴维德，你们两个小心点，你们对凯文的安全负责……"

她话没喊完，三个男孩子早冲出房子去了。

别基也把面前的盘子一推，说："我也吃饱了，我还是去看着他们，三个男孩子一块骑马，还能不出事？"

特莉莎跟在别基身后喊叫："骑一下就算了，天黑了，凯文也累了，坐了一天的车。"

"知道了，妈妈。"别基应着跑出门去。

凯文和别基都只吃了几口而已，特莉莎走回桌边，把两个盘子一端，转身把大堆剩饭菜倒进垃圾桶，然后把空盘子放进洗碗机。

约翰走进厨房来，从冰箱里拿出一罐啤酒打开，站在门边喝了一口，看着鲁捷生，说："好吃吗？我们都最爱吃特莉莎做的通心粉。"

鲁捷生说："好吃，是好吃，不过给我盛得太多了。"

约翰说："那就别吃了，用不着撑，多难受。"

特莉莎早已经走到桌边，伸着手说："给我吧，我们还有甜点。"

鲁捷生看着面前半盘通心粉，嘴里差点冒出中国那句老话：撑死不占盆。可他没说出口，让特莉莎把盘子端走。他说："可别，我哪里还吃得下甜点。”

约翰又从冰箱里拿出一罐啤酒，到桌边递给鲁捷生，说：“走了，我们到后面阳台上去坐，可以看见他们骑马。”

特莉莎又叫：“喊他们早点回来睡吧，明天有一天聚会要玩呢。”

鲁捷生没有跟约翰走出门，说：“这里差一小时，在加州现在才八点，还早，谁能睡觉。我想翻翻案卷资料，上午谈话，发现一点线索。这里挺好，就在厨房里坐坐，行吗？”

第九章

昨天夜里，鲁捷生工作得太晚，第二天七月四日过节，不必早起上班，所以他睡到半中午才醒来。凯文早不知什么时候就起来，跑掉了，肯定是别基悄悄把他接走了。鲁捷生打着哈欠，伸着懒腰，下了床，走到窗口，朝外看。

房子前面的那片大空场聚满了人，热闹非凡。所有的人，大大小小，都穿着整洁的衣服。男人们都刮了胡子，梳了头发，穿着白色衬衫，扎着领带，长裤革履，整整齐齐，甚至还有几个人穿着西装，这么热的七月天，真够奇怪。女人们都穿着彩色印花长裙，描眉画眼，口红鲜艳，头发编着花样。小姑娘都穿了花裙子，像蝴蝶一样飞来飞去。很多小男孩们也穿着小西装，扎着领结，一本正经。

两个长型白色帆布棚已经搭好，六个男人还在形成三角形的对边搭第三个帆布棚，手里举着长长的塑料杆，说说笑笑，歪七扭八，几次险些把棚子跌倒下来，可是没有人在乎，旁边的人也跟着笑，不抱怨。已经搭好的两个棚子下面，几个男子两人一组搭长条桌子，先把折叠桌腿扳直，然后两个人齐发一声吼，把长桌翻个个儿，挪动挪动跟别的长桌对齐摆好。旁边一个男人和两个男孩子，正把一台电视放到一个木架上，很大的屏幕，总有五十英寸。旁边还放了一个手提电唱机，两个尺把高的喇叭排列在两侧。

约翰和两个男人，说说笑笑，不慌不忙，摆弄一排三个大号烤肉炉，一起点火，烟还很浓，木炭煤球还没有烧红。特莉莎和两个邻人主妇，围在烤炉边上一张长桌上忙碌，安排各家各户送来准备烧烤的肉肠、牛排、汉堡肉饼、鸡腿等等，和锡纸包裹的土豆。左侧一个桌边，一群小姑娘叽叽喳喳欢叫着，围着两个主妇，整理蛋糕果冻一类的甜点。

右侧边，戴维德和萧恩随着另外两个男子，围着七八个大号冰桶，把众邻家送来的啤酒、烧酒、红酒、白酒，瓶瓶罐罐，都塞到冰桶里的冰块里去。约翰告诉过鲁捷生，他的两个高中生儿子都还不到二十岁，平时绝对不准碰酒瓶子，每年只有感恩节、圣诞节和独立日可以获准喝啤酒，所以他们特别热心弄这些酒罐。

女人比男人多，也比男人忙。有的在搭好的长桌边摆折叠椅，有的在长桌上铺长条桌布，有的在桌布上摆纸盘子，塑料叉子和纸杯子。还有更多的女人，年长和年轻的，络绎不绝地走来，提筐的，抱盆的，看来是各种吃食，蒙盖着银色锡纸。还有的女人，职责就是照看满场上乱跑的孩子们。好像事先分工安排好了，虽然没有人站在中间指挥，一切都按部就班，有条不紊。肯定这里每年有这么一次聚会，所有的人都自动地选择了自己的责任。

一个布棚下面，站着一个头顶光秃秃的老人，拉奏一把小提琴。旁边一个满脸雀斑的姑娘，弹一把吉他。两个人都不用乐谱，摇着身体，欢笑着，移动脚步，演奏美国乡村音乐，节奏鲜明，轻快跳荡。

场地边缘，立了一根高高的旗杆。三个年纪不小的男子，看起来有七十多岁了，都穿着灰色长裤，白色短袖衬衫，那是二次世界大战美国陆军夏季军服，领子一边缀一个圆型徽章，胸前两个大口袋，缝着铜扣。左袖上缝一面美国国旗，右袖上缝着部队番号牌。他们头上都戴着灰色船型军帽，缀着好几个徽章。两人戴着白手套，仔细整理一面巨大的美国星条国旗，动作缓慢。另一个戴着眼镜，蹲着身子，整理一支长枪，就像中国电影常演的那种三八大盖步枪。想不到这么小个村子，竟有三个二次大战的退伍军人，还不知道有多少人牺牲了呢。他们也许参加过太平洋战争，帮助中国击败日本侵略军，也许参加过诺曼底登陆，在枪林弹雨中冲锋。二百多年间，美国本土只发生过一次南北战争，可为了保卫世界和平，这个伟大的民族不断地在外国土地上牺牲自己的优秀儿女。

鲁捷生想着，继续转头看人群，终于找到了别基。她金色的头发上扎着一条鲜亮的蓝色缎发带，飘飘荡荡。精心化妆过的眉毛，又细又长，眼睛又大又亮，嘴巴又肥又红，楚楚动人。她穿着一条纯红的连衣裙，没有袖子，领口也开得很大，显出美丽的胸脯和双肩，柔润洁白的皮肤。裙子长到膝盖，又露出美丽的两腿。她头上脖颈上围了一条窄窄的白色缎带，正是眼下姑娘们的时髦。这红白蓝三色搭配，刚好是美国国旗的三色，秀媚中又带着庄严。

凯文跟在她身边，居然也穿着一件天蓝色的衬衫，一条深蓝色的短裤。鲁捷生不记得凯文有这一身衣裤，有也不记得带来了。也许是别基从她弟弟的小衣服里找出来，给凯文穿上的。

原来这个小村的独立日聚会，如此讲究，不能穿T恤和短裤。鲁捷生看了几分钟，赶紧跑到旁边洗澡间，急急忙忙冲了个淋浴，回来穿上白衬衫，扎上红底蓝斜纹领带，套上藏青西装外衣，藏青西裤，一双黑皮鞋。他只带了这一身衣裤，应付昨天跟骆明明谈话用的，衬衫倒带了两件，是干净的。

鲁捷生下楼出门，走到场子里，朝别基走过去。

“起来啦？睡够了吗？”别基看见他，满脸堆笑，叫道。

鲁捷生很不好意思，说：“怎么不叫我，睡这么晚。”

别基说：“你昨晚工作了一夜，早上三点才睡。”

鲁捷生拿起桌上一把刀，说：“我来帮忙吧。”

别基笑了，说：“好呀，过来给她们露一手吧。戴上这个围裙，别弄脏了衣服。”

旁边跟别基一起切菜的姑娘，一个穿条黄花裙子，一个穿件绿色衬衫，一起看着鲁捷生笑。

鲁捷生拿刀在桌上一拍，说：“说吧，怎么切法，切丝、切条、切块？”

别基说：“温迪准备沙拉，不讲究切法，弄得快，用不着你帮忙。还是帮我和芭芭拉吧，我们慢。这些黄瓜、芹菜、白菜花、绿菜花、柿子椒、蘑菇、小番茄，都切条切片，装拼盘。”

鲁捷生说：“切条切片，那我会。”

别基说：“手洗干净了吗？这些等一会儿都是生吃的。”

鲁捷生说：“早上起来，刚洗过澡，手当然干净。”

穿黄花裙子的芭芭拉插嘴说：“别基，你怎么那么麻烦，让人家切就得了。”

穿绿色衬衫的温迪说：“就是，算了，还是来帮我弄沙拉吧，我没那么麻烦。”

别基笑着，对两个女友说：“你们别多话，让他切，他对我吹过好几次牛，说他最会切菜，切得快得很。”

鲁捷生笑笑，拿起手边的黄瓜，在空中抛了一下，接住，说：“看我的。”

别基说：“你可别夸口，黄瓜多得很，够你切。”

鲁捷生不说话，挥臂斩切，两手配合，刀光瓜影，当当急响，不到三秒钟，一条黄瓜已经全部成片，齐齐码成一排。鲁捷生一手压紧，一手将刀侧平，顺案面一捋，那排黄瓜片便都上了刀面，一转手便齐齐装在拼盘边上。

温迪和芭芭拉看了，都惊异地扬起眼眉，张大嘴巴，连声叫：“啊，我的上帝，我的上帝。”

别基说：“他平时在家不做饭，我没见过他切菜，可是他对我说过几次，原来不是吹牛。”

“这叫真人不露相，会的还多着呢。”鲁捷生又拿起一根黄瓜，边切边说，“你们是站着看我表演，还是跟我比赛？甭管我切多快，一个人可真切不完所有的菜。”

别基跟芭芭拉对视一眼，不再讲话，吃吃笑着，低头切起菜来。温迪也加快了两手。

场子里所有的人又继续忙了大概一个多钟头，将近十一点，约翰绕着场子走了一圈，然后两手拢着嘴，提高声音叫：“好了，都弄齐了，我们开始吧，剩下的活儿等会儿再接着做。”

听这一声吼，场子里所有人都停下正做的事情，搓着手，拍着衣裤，慢慢站起来，转身朝着场边那根旗杆。

一把小提琴奏起美国国歌，庄严缓慢。

旗杆下面，一个戴着白手套的年长退伍军人动手升旗。另一个戴着白手套的退伍军人，立正站着，举手到船型军帽边，向国旗行举手礼。那戴眼镜的退伍军人，也立正，将手中长枪横握胸前，庄严地注视着徐徐上升的国旗。前后左右的乡民们，大人小孩，戴帽子的人都把帽子摘下，所有人都把右手横在胸前，按着心口行礼，许多人喃喃张嘴，随着琴声低低唱着美国国歌。

鲁捷生和别基几个并肩站着，也将右手按在心口，望着升起的美国国旗，觉得十分感动。从小到大，他不知多少次听国歌，升国旗，可是从来没有过此刻的感觉，庄严，真诚，和崇敬。在这个偏远的小山村，升不升旗，敬不敬礼，唱不唱国歌，没人会知道，没有人会说任何话。但是乡民们自觉自愿，诚心诚意，对着美国国旗表示崇高的敬意和忠诚。难怪有人说：美国人一天到晚指责美国的错处，可没见多少美国人移民到外国去？鲁捷生眼里忍不住涌出泪水，这瞬间他真切地相信，美国确实是世界上最强大的国家，因为美国人民如此热爱自己的祖国，绝不会让自己的国家衰落下去。

国歌奏完，国旗升起，人们都放下行礼的手，很多人抹去眼角的泪，相互点着头，向三个帆布棚走过去，相互谦让着，纷纷坐下。所有的人都互相熟知，不管哪家是男主人落座，或者只有一个小孩子。旁边人都晓得他或她是谁家，家里有几口人，所以都会自动给这家空出够数的空座位，然后在两旁再坐下。

几乎所有的主妇们都奔忙着，端沙拉盆的，传蔬菜拼盘的，分饮料的，大呼小叫。男人们则互相招呼着，说说笑笑，你来我去，在各个冰桶里拿酒瓶酒罐，丢来接去地传送。还有若干男女在烤肉炉前排着队，每人两手拿两个纸盘，约翰和两个负责烤肉的邻居男人，挥着大铁叉，把烤炉里烤熟了的肉肠、牛排、汉堡肉饼、鸡腿等等叉出来，放到面前伸来的纸盘里。拿到烤肉的人，便走去布棚下面，分发给桌边的人们。

直到所有的人面前都有了饮料，有了蔬菜，有了沙拉，有了酒，有了烤肉，男女老幼喊叫着，招呼着，都落了座，再没有一个人站立或者走动，可没有一个人动手碰一下面前的餐具和食物。鲁捷生知道，同所有美国小镇一样，这里的乡民都信奉基督教，餐前必要先祈祷。他到美国十几年了，虽然没有信教，但是尊重信仰，也觉得很自然。

一个老人站起来，走到三个布棚环绕的中心点，手里拿了一本小小的厚书，是《圣经》。他头发都白了，几寸长的胡子也都白了，可是还很健康。他并没有穿神父或牧师的长袍，也许不是神职人员，只是这个小村中年纪最长的人。他扬扬手，说："让我们来祈祷。"

坐在长桌边的所有居民，都端正身体坐好，两手从桌上拿下来，放在膝盖上，低头垂在胸口，闭上眼睛，人人满脸的安宁和虔诚。

那老人站着，也低下头，闭住眼睛，开始朗声祈祷："尊敬的主，今天七月四日美国独立日，我们全村人，男女老少，因为您的光辉照耀，得以聚在这里欢庆。我们感谢您的恩典，我们歌颂您的仁慈，我们崇拜您的伟大。尊敬的主，您赐给美国强盛与和平，繁荣和安定，您保护我们每一个美国人健康，自由，快乐，生活富足。我们祈求您将您神圣的福泽更多地降到我们的国土上，降到我们的灵魂里。今天我们有幸欢迎两个远来的贵客，鲁捷生先生和他的儿子凯文，从加州来到我们这个小村，同我们一同庆祝节日，我们非常地高兴。鲁先生是个中国人，出生在古老的东方。华盖世界的主，我们虔诚地向您祈祷，愿您同样地保护他，保护所有的中国同胞。让我们一起祷告，尊敬的主，愿您永远保佑美国。阿门！"

桌边所有的人都一起低声吟咏一声"阿门"，然后抬起头来，满脸的笑容，左右转头，张望那个远从中国来的贵客。

鲁捷生跟别基一家坐在一起，很不好意思。约翰推推他，鲁捷生只好站起来，所有的人都拍起手来。鲁捷生点着头，左右转脸，笑着，举起啤酒罐，大声说："谢谢各位，谢谢所有的美国父老乡亲。请同我一起干杯，祝美国永远昌盛繁荣。"

"祝美国永远昌盛繁荣。"

所有的人站起来，高高举起手里的酒杯酒罐，高声呼叫，欢笑，互相碰杯罐，然后仰脖痛饮。

小提琴声又起，伴着弹拨的吉他，悠悠扬扬。大家喝过酒，欢呼一阵，重新坐下，开始吃喝，各类烤肉，各种沙拉，各种酒饮，面包面条，蔬菜瓜果，蛋糕甜点，应有尽有，让人嘴不暇接。

可是不过一会儿，桌边的大半人就都停下刀叉，不再继续猛吃，只拿个饮料或酒杯，慢慢喝，跟旁边人谈天说笑。美国不缺吃，所以从来不把吃当作一件了不得的大事。小提琴和吉他转变了曲调，奏起欢快的舞曲来。马上就有几对男女站起，离开长桌，到场子中间，跳起舞来。约翰和特莉莎笑着，拍了几分钟手，也站起来，拥抱在一起，加入跳舞人群，从布棚边转进场子里。跳舞的人越来越多，不少孩子挤在人群里，拉着手蹦蹦跳跳。坐在桌边不跳舞的人，也随着乐曲节奏摇着身子，拍着手，不停地欢笑。

别基拍着手，转身问鲁捷生："你喜欢《天鹅湖》，会跳舞吗？"

鲁捷生红着脸，说："不会跳，所以才爱看。"

提琴和吉他奏起一种节奏极鲜明的舞曲，场里场外的乡民齐发一声喊，急急忙忙排起队来，拉起手来，布棚下长桌边本来没有下场跳舞的人，也都纷纷站起来，走进场去。

别基站起来，拉住鲁捷生的手，说："走，我们也去跳。"

鲁捷生站起来，说："这是什么？我一点都不懂，怎么会跳。"

别基说：说："这是乡村舞，很简单，我教你，三分钟就会了。"

鲁捷生说："忙好几个钟头，才吃三十分钟，哪够呀，我还……"

不容鲁捷生再多啰嗦，别基用力拉着他往场子里走，说："吃什么，什么时候不能吃，吃有什么意思，玩嘛，快走。"

场子里有些人看见别基拉着鲁捷生走过去，都呀呀地喊叫，松开手，空出地方，让他们两人进入行列。然后大家开始跳，都松开手，排成方阵，一列一列，东西南北，一齐蹦跳着转身。

别基一边跟着队列跳，一边教鲁捷生：跟着节奏扭动屁股，两手依次拍头，拍肩，拍臂，拍臀，拍过一轮，便转身，然后再从头到臀再来一次。确实很简单，鲁捷生节奏感还行，错了几遍也就会了。起先他还觉得，三十大几的男人，蹦蹦跳跳，扭屁股，拍屁股，不成体统，让人看了笑话。多跳了一会儿，也就放松了，身边有白发老头子，满脸皱纹的老太太，都像少男少女一样，尽情地欢跳，尽情地享乐。谁也不怎么注意别人，各自专注地享受舞蹈的欢乐。

鲁捷生刚熟悉了这种乡村舞，乐曲忽然又稍稍一变，还是那个节奏，还是那种速度，场子里的人随着都转过身，不知从谁开始，一个挨一个，排起队来，后面的人两手扶着前面人的腰部两侧，形成一个连环，像小孩子玩火车，跟着乐曲，两脚在地上点着，扭着身体，跟着前面的人舞动前移。别基在前，鲁捷生在后，扶着别基的腰，而芭芭拉在后，又扶着鲁捷生的腰。鲁捷生当然又得从头学起，跟着瞎跳，努力不踩别基的鞋子。谁对了错了都无所谓，只引起一阵阵欢笑。领头那人引导着整个队列，像舞一条长龙，从场子里跳到一个布棚边，绕着长桌转，队列里的人便随处伸手，把还坐在桌边的人拉进队列，跟着跳。连那发表祈祷词的白发老人，那三个升旗的二战退伍军人，也一个不放，都给拉进队来。于是随着舞蹈队列环绕三个布棚，参加跳舞的人越来越多，队列越来越长，摇头摆尾。绕过那几个大号烤肉炉，约翰和两个人还忙着收拾炉子，也被跳舞队里的人拉住不放，只好丢掉手里的铁叉，戴着围裙，哈哈笑着，加入队伍，跟着扭。

这样好闹了一阵，恨不得个个都汗流浃背，才停止下来。男人们走到布棚下面，解除领带，擦额头脖项的汗，说笑着，坐下来大灌冰镇啤酒，不少人脱掉皮鞋，光着脚跑来跑去。女人小孩，纷纷拿起纸盘，又一次取食品，二次用餐。约翰赶到烤肉炉边，给大家分烤肉。有些主妇开始忙碌，收拾长桌上的残羹剩饭，刀叉盘罐，都丢进大号垃圾袋。装满一个，便马上有男士从桌边站起，把半人高的垃圾袋，拖到场边上去。孩子们一趟一趟不厌其烦，跑去拿蛋糕甜点，果冻冰激凌，被妈妈们大喊大叫地阻止，不许他们多吃。

几个男子聚到一起，在一边玩一种古老的游戏，丢掷马蹄铁，去套不远处一根粗铁钉。另外几个男子戴了手套，拿了棒球棍，到一边去打棒球，几个年轻女子看见，喊叫着也跑过去参加。一伙年长的老头老太太，凑到桌边，玩起扑克牌。

鲁捷生背靠着桌边，坐在椅上，伸着两条大腿，两脚相绕，慢慢喝一罐啤酒，望着眼前忙碌的吃喝玩乐景象，忽然醒悟为什么别基说：穷困并不一定不幸福。穷困还是不穷困，并不在于土地是否贫瘠，不在于粮食是否够吃，不在于房屋是否够住，而完全在于人的精神，人的文明，人的心理。

别基走过来，收着桌上的杯盘，顺嘴问："想什么呢？一脸坏笑。"

鲁捷生一惊，忙摸摸脸，说："是吗？没想什么……"

凯文跑过来，问："爸爸，戴维德和萧恩要带我去骑马，可以吗？"

鲁捷生看着儿子，点点头，说："当然可以，去吧，小心点就是。"

凯文蹦蹦跳跳走开，一边说："我昨天晚上已经学会了，摔不了。"

戴维德和萧恩领着凯文，到马厩里牵出两匹马来，套上鞍缰，拉着走到栏杆圈起的小圆场子。别基又急急忙忙跑过去，照看三个男孩子，不使出点差错。

鲁捷生也绕过布棚，走到离马场近一点的桌边坐下，远远看着。萧恩自己骑了一匹，同时拉着凯文骑的那匹马的缰绳，在前面慢慢地走。别基和戴维德分在马的两侧，扶着马上的凯文，走了几圈，然后别基松开手，站到一边，只让戴维德一人扶。又走几圈，戴维德也松开手，跟着走，让凯文独自骑着，跟着萧恩的马慢行。

特莉莎走到鲁捷生身边坐下，拿着一罐饮料喝着，跟鲁捷生一起张望马场里的孩子们。

鲁捷生说："别基真是个会照顾孩子的好姑娘。"

特莉莎说："做大姐姐的，四个弟妹都是她帮忙养大的。"

鲁捷生说："真要谢谢你们，别基对凯文非常好。自从凯文的妈妈去世之后，从来没见过凯文这样快乐。"

特莉莎说："不要你谢我们。我还要特别谢谢你，鲁先生。自从到你家里做事以后，别基好像改变了，懂事了，自信力也增加了许多。"

鲁捷生说："请叫我捷生，亲切一点。我也发现她好像有点改变，可还不清楚是些什么。"

特莉莎说："你看，她现在穿的衣服，梳的头发，都正常得多了，好像成熟起来，不再是高中生的一套，专门跟大家作对。"

鲁捷生说："别基说，你们很爱她，从来没有指责过她任何行为。"

特莉莎说："做父母的，当然时时刻刻注意着自己的孩子，什么变化都看得到。从上高中开始，到外面上学，她穿衣服啦，头发啦，化妆啦，都变了，想学外面的人。可我们知道，那只是些外表的东西，没什么了不起，孩子们十几岁年纪的时候，总免不了有那么一阵。他们要进入周围的社群，要得到朋友们的认同和接受，他们得随着年轻人的潮流改变。可是我们相信自己的孩子，不管他们怎么变，变成什么样子，我们都一样地爱他们，无前提，无保留地爱他们。"

鲁捷生禁不住脱口而出："你们的孩子真幸福。"他想起自己的青少年岁月。特莉莎忽然说："捷生，你是不是累了？你不习惯这样闹法吧？"

鲁捷生陡然从痛苦的思索中清醒，摇摇头，笑笑，说："哪里，我也去骑骑马吧。还是在东岸念书的时候骑过一两次，好多年没骑了。"

全村人玩一阵，吃一阵，跳一阵舞，又吃一阵，又玩一阵，一直聚到天黑，才足兴而散。聚会的一切都还留在那里，只把剩余的食物各自拿回家去。今天没精力收拾了，明天中午再来拆棚子，收垃圾，撤桌椅，擦洗用具。

戴维德和萧恩还是到同学家去过夜，别基领凯文回家上楼，安顿凯文洗漱睡下。约翰到马房里去洗刷马匹，调拌饲料。鲁捷生又坐在厨房桌上，喝着一杯浓咖啡，继续翻看骆明明案子的资料。别基下楼来之后，和特莉莎坐在前面客厅沙发上，叽叽咕咕低声说话，时不时哈哈笑一阵。直到十一点钟，母女两个才上楼，房子里安静下来。

听见打过十二点，鲁捷生合起卷宗，揉揉眼睛，走出厨房。他有点累了，轻轻从厨房后门走出去，想吹吹夜风，凉快一下。没想到山里七月，夜晚居然还挺冷，风好像仍有些刺骨之感，鲁捷生赶紧缩回屋，到前门外衣壁柜里取出自己的夹克衫套上，再开前门走出去。

夜色里，白天聚会装置还在，勾出各种形状的黑影。他信步走过去，忽然看见一条长椅上有个黑黑的人影。鲁捷生轻轻走去，看见是约翰斜斜地倚坐在长椅上，一条手臂搭在椅背上，另一条臂弯在脸前，手里握着一个巨大的烟斗。

“约翰，这么晚了，还没睡?”鲁捷生说。

约翰身体没有动，说:“睡不着，正在享受生活的乐趣。”

夜色很暗，月亮被厚厚的云层遮去，鲁捷生能看见约翰模糊的身影，但看不清他脸上的表情，只听出他的声音非常的满足和快乐。鲁捷生在约翰身边坐下，离得近一点，扭头看着约翰。

约翰把烟斗放进嘴里，吸了一口。烟斗里烟草燃烧起来，吱吱作响，闪烁一团红光，映出约翰眼里的亮点。然后约翰把烟斗从嘴里取出，跟着轻轻喷出一口烟，浓浓的，灰白颜色。他说:“是不是呀？生活多么美好。”

鲁捷生忍不住用鼻子迅速吸了两口，空气中充满烟斗烟草那种浓烈的芳香，好像有点咖啡味，或者巧克力味，或者可可豆味。

他说："真香。我不知道你抽烟斗。"

约翰说："很多人这么说，想不到一个山里的乡民，会养成这个贵族嗜好。我并不常抽，只在特殊情况下才想起抽烟斗，比如今天，心情特别好。你不介意吧？我不在房子里抽，不让他们吸二手烟。"

鲁捷生摇摇头说："没关系。我在中国也抽烟，抽了十年，来了美国才戒掉。"

约翰笑了笑，说："我这也是很年轻的时候养成的习惯，可惜到现在也没有能戒掉。不过这嗜好也许是唯一的桥梁，还能把我跟过去的岁月连接起来。"

鲁捷生转过身，有点兴奋地问："听你这样说，真好像有点什么神奇了。你的青年岁月是怎样的呢？不介意的话，能讲给我听听吗？"

约翰笑起来，又吸了一口烟，说："别的不说吧，我年轻的时候，跟你一样狂热工作，比你更狂热，追求成功。后来发现不值得，那样的生活不能让我满意，我希望得到的，是真正美好的生活。"

马厩里有匹马突然猛烈打了一串响鼻，然后用蹄刨地，低沉地霍霍叫了几声。

"我得去看看。"约翰说着，站起身来，朝马厩走过去。

鲁捷生也站起来，随着约翰走，说："我跟你一起去。"

两个人走进马厩，开了电灯，马厩里的草香和马粪的臭味混杂。约翰走过去，嘴里叫着每匹马的名字，好像跟孩子讲话，一边伸手摸摸每匹马的脖颈。那些马都像见到父亲一样，亲切而温顺地望着他，仰仰头，轻轻喷鼻，表示自己的兴奋。约翰最后走到一匹马前，把手伸进饲料槽中搅拌一下，说："什么都没有，你有什么可叫的呢？"

那马点点头，看着约翰。

约翰举手拍拍那马的脸，转身过去，在一个小桶里取出一把什么豆子，捏在手里，伸到那马嘴前，让那马张嘴伸舌，在他手里把豆子吃掉，然后笑了说："这下满意了吧，就你事情最多，好了吧，可以安静了吧。"

那马又点点头，喷了几次响鼻，又仰起头摇了几摇。

约翰笑了，也摇摇头，走到门边的水池前，拧开水龙头洗手。

鲁捷生一直跟着约翰，看着约翰满足而幸福的神情，说："你讲了一大篇序言，还是没有告诉我，你年轻的时候干什么？怎么发生转变？没准，我可以从你的故事里获得些忠告，以后也不再这么狂热了。"

约翰停住洗手，直起身子，看鲁捷生一眼，呵呵笑起来，说："如果那么灵，就好了。你知道，我现在有时会应邀外出作演讲，就是用我的那一点声名去说服年轻人，要有向上努力的动力，但是不要那么贪得无厌。"

鲁捷生睁大了眼睛，盯着约翰，问："这么说，你在美国很有名啦？别基可从来没有讲过。"

约翰说："她有什么可讲的，很多年以前的事，我年轻时候的事，她还没有出生，有什么可拿来显耀的。别基他们从小受这种教育，我们都是很平常的人，只要生活圆满美好，就可以满足。"

鲁捷生点点头，没有讲话。难怪别基到二十五岁，大学还没念完。这样的生活态度，究竟是好，还是不好？鲁捷生说："这跟我们的教育不同，中国人从小教育孩子，要努力奋斗，求上进，争取最大成功。满足于庸庸碌碌的生活，我们看不起。"

约翰朝鲁捷生招招手，说："我们出去啦。"

两个人一起走出门，约翰关了马厩里的电灯，然后一前一后走出去，在星光下静静地走了一阵。

约翰边走边再次点燃他的烟斗，继续抽着，忽然说："你知道吗？我其实不是科罗拉多人，三十年前，我跟着特莉莎，从加利福尼亚移民到这里的。"

鲁捷生说："所以你原来也是加州人，咱们是同乡啦。"

约翰说："我在洛杉矶出生，在那里长大，年轻的时候，也在那里工作。"

鲁捷生应声说："那么你过去一定是个好莱坞的明星啦？"

约翰笑了，扭头看着鲁捷生，问："你猜的吧，我已经三十五年不演戏了。你们从外国来的人，不可能听说过我的名字。"

鲁捷生说："对，我只是猜。你说在洛杉矶工作，又有声名，所以猜你一定在好莱坞演电影。"

约翰又笑了，说："别基总说你很聪明，看来她没说错。我自己虽然也有点小名气，可是更有名气的是我的父母。他们两人都是四五十年代好莱坞顶级影人。父亲是大名鼎鼎的制片人，母亲是红极一时的女星。我在洛杉矶比佛利山庄出生，从小到大没有缺过任何东西，身边总有两三个用人伺候。可是我很少见到父母，他们永远很忙，忙得要命。到了七岁，母亲带我到片厂去演戏，我痛恨演电影，电影从我身边抢走妈妈，可那是唯一的机会，我可以跟母亲在一起，不管到哪个外景地，我都跟着母亲，晚上可以睡在她的房车里，比我一个人待在家里睡觉美得多了。所以我觉得满足，也就不在乎对电影的厌恶。不管我演戏多差劲，在父母亲的威名之下，我也还是一直不停地演了十年。告诉你，在好莱坞，你能连续演十年戏，怎么着你都一定有名了，我就是那么出了点名。”

鲁捷生说：“你这是谦虚，我晓得好莱坞竞争激烈，不讲人情。”

约翰突然沉默下来，站住脚，连续抽了几口烟斗，喷云吐雾一阵，然后又走动起来，才又开始讲：“其实我出大名，并不是因为我演了十年电影，而是因为……我母亲自杀，当时是美国最大的新闻……”他的声音发抖，不得不停下来。

“我很抱歉，真的，实在抱歉。”鲁捷生说完，也不再声响，给约翰一段时间，安稳自己的心情。

约翰又说：“很对不起，我家里的人，也许是血统遗传，都是感情容易冲动的人，很不好意思。”

鲁捷生说：“这没有什么不好意思，没有感情，不能算人。”

约翰说：“谢谢你。你知道我母亲为什么自杀吗？不是她受了欺负，也不是她事业上压力太大，而是因为有一次，我对她讲了一句话。”

鲁捷生不知该怎样表示，只好哦了一声，表示在听着。

约翰接着说：“我长大了些，到十八岁，不肯再违背自己的良心去演戏，我拒绝接本子。母亲受片厂之托，三番五次来劝我。最后我忍无可忍，对她说：从懂事的时候起，我就痛恨电影。因为电影，你和爸爸总是不在家。我一岁的生日，你们都不在，照片上我的生日蛋糕只有用人围着。四岁的时候我就懂得，生活多么孤独，多么寂寞。你永远也想不到，多少个夜晚，我望着星星一直哭干了眼泪才睡着。为了能跟你在一起，我才答应演戏，每次面前的水银灯一开，我的心里就流出血来。可是我想到你坐在那里看着我，我跟你在一起，我便忍受住痛苦，强做笑脸演下去。母亲听我这么说，哭了，她说：她绝没有想到这些，她以为我有那份天才。她说：都是为了我，她和父亲才那样狂热地工作，他们以为取得成功，有比佛利山庄的房子，有了财富，我长大有条件进哈佛，才会有幸福的生活。我说：让那一切都滚蛋吧，我一点都不稀罕比佛利山庄的房子，不稀罕他们的汽车，他们的声名，不稀罕什么狗屁哈佛。这一切都是我的仇敌，剥夺了我童年的欢乐和幸福。我甚至相信，我来到世界上是一个错误，既然他们不能给我爱和关怀，他们为什么要生我。我宁愿出生在一个普通人家，没有比佛利山庄的房子，没有显赫声名，不必发愁念哈佛，但是至少每个晚上，父亲母亲会给我讲故事，会躺在我身边，看我睡觉。对于我，那才是幸福，可是我永远也得不到了，我再也回不到三岁去了。而且就算我能再回到三岁，他们还是会同样的不理会我，而去追求他们永无满足的成功。也许我当时说的话比这些更激烈，声泪俱下。母亲受不了，她是个超级女星，让人捧惯了，心灵又十分敏感。之后三天，她哪里都没有去，一直在家里，一直远远地坐着，注视着我。可那时我已经成人，不理她。最后那天夜里，我已经睡下，忽然听到门外有一种奇怪的声音，我爬起来，开门一看，母亲坐在我房间门外地上，手里拿着一本书，轻轻念。她想给我临睡时念一本书，可是她不敢走进我的房间。我说：算了，妈妈，晚了，一切都太晚了，还有什么用？她听了，慢慢站起来，两眼流泪，看着我，说：约翰，请你原谅我，可是——但愿你能记住，我很想做一个好母亲，我以为事业成功，赚很多钱，让你什么都不缺，又能够得到母亲声名的保护，我就是做了个好母亲。我想错了，约翰，真对不起。然后她拿着那本书，默默走回她的屋子。第二天她便没有起床，永远再也没有睁开过一次眼睛。是我，是我杀害了她，我那么冷酷地对待她想改过的努力，我甚至没有给她一个拥抱，一次亲吻，没有对她讲一声晚安，就让她离开了我，离开了这个世界。到底是母亲没有给我她的爱，让我感到痛苦，还是我没有给母亲我的爱，让她感到痛苦？我不知道……”

鲁捷生听着，一声不响，用力忍住喉头的抖动，把自己的眼泪憋回去，咽下胸膛。

约翰站住不动，一口接一口地抽他的烟斗，火光闪动，烟雾弥漫，使他脸上扭曲的阴影更加暗淡。

过了一会儿，鲁捷生说：“约翰，谢谢你告诉我这样的故事，可是我不知道该怎样安慰你。照我们中国人的观念来看，你的母亲事业上成功，出大名，赚大钱，又为你铺平一条干事业的道路，你的母亲实在是个好母亲，伟大的母亲。我相信大多数中国人都愿意拿他们自己的母亲，来换取一个你曾经有过的那个母亲。我也相信中国大多数母亲，都恨自己没有机会，可以像你的母亲一样去做。中国的父母亲，不会为了能在临睡时给孩子讲个故事，就放弃干事业的机会。对于我们来说，事业成功是生活的首位，哪怕付出家庭和子女的代价，在所不惜。”

约翰说:“你也这样认为,要争取更大的事业成功,所以狂热工作。”

鲁捷生突然觉得无言以对。他是仍然抱着中国式的事业观和生活观,所以才这样走着生活的道路吗?回想起来,从小学开始,他就是怀着这样的事业心,对待学习。在国内念大学的时候,他到贵州山区做一项调查研究,连续四个月足不出山,元旦春节不回家团圆,受到大学的表彰,得到周围人的夸奖,也因此被评为中国十大优秀青年之一。到美国很多年后,他认为自己的生活观发生了改变。母亲病重去世,父亲没有告诉他,如果在国内,他会觉得容易理解。可是他在美国,感到愤怒,认为父亲做错了,从此不原谅他。那么他现在狂热工作,是什么推动呢?金朗的病死,又说明了什么?

约翰打断了鲁捷生的沉思和反省,说:“母亲死后,我心里充满悔恨,离家出走,在街头流浪,我总想找个机会,到天国去找到母亲,向她道歉,请求得到她的原谅。有一次我醉了酒,在海滩徘徊,最后昏倒在水里。特莉莎救了我,送我进医院。她是个很普通的人,科罗拉多山里的乡民,什么见识都没有,以为洛杉矶就是天堂,她去一趟,开了眼,这辈子再没有遗憾了。在她,生活很纯洁,很简单,也很美好。看见她,我才明白,什么叫幸福?我便跟着她,移居这里。三十年了,没有大房子,没有很多钱,没有一切豪华与奢侈,可是一家人相亲相爱,这就够了,还要什么呢?我们这里,大家都一样,谁也不跟谁比什么,都安安静静,和和睦睦过日子。也许我成乡下土包子了,我想不出来,人有什么可争的?只要我的房子够住一家人,只要我的钱够一家人吃饱喝足,只要我们一家人能健健康康，互敬互爱，不就行了吗？你是亿万富翁又怎样？你做国家总统又怎样？如果你没有爱过别人，也得不到别人的爱，你有什么幸福可言？"

鲁捷生说："你是美国人，有吃有喝，从来没受过穷，当然可以这样轻描淡写，好像多么清高。你知道中国曾经怎样的穷困么？让你怎么想，你也想不出。我们刮树上的树皮来吃，我们刮地上的白土来吃。好不容易，许可做生意赚钱，当然人人要不惜一切手段，谁也不愿意受穷。本来若不是西方经济进入中国，中国人哪里晓得要赚大钱，住大房子，开好车子。这是你们的美国梦，不是吗？"

约翰摇摇头，说："我不知道，也许有些美国人那样想，可不是我。我想，美国梦是追求幸福的生活。而生活的幸福，不来自于权力和财富，而来自于爱。爱人，被人爱，那才是美国的梦想。"

鲁捷生不再说话，仰头望着星空。

约翰灭掉手里的烟斗，把烟草都倒在地上，又拿到嘴里吹吹烟管，他说："反正这是我的美国梦，而且我已经实现了我的梦想，我很幸福。我们回去睡吧，一点半了。"

他们并肩往房门走，刚迈上台阶，鲁捷生忽然说："我要回国，一回到加州，我就回国，去看父亲。"

第十章

鲁捷生从科罗拉多给伍德先生打电话请了一星期的假，又通过电脑网络买好机票，独立日周末一过，他回到加州，第二天一早飞去北京。因为匆忙，到底没有带凯文。

像上一次鲁捷生出差纽约一样，他回国那六七天，别基便住在鲁捷生家里，每天上午接送凯文上学，下午跟凯文一起，连玩带干，把家里所有房间的墙壁都重新刷了比较浅色的油漆，连窗框的漆都重新刷了一遍，整个房子看起来就像新的一样。除此之外，每天上午凯文在学校的三个钟头，别基开车跑来跑去，办理一些自己的事情。她在离鲁捷生家不远的地方租下一个小小的单间公寓，把自己的东西都搬到新公寓。她跟蓝斯分手了，自己独立生活。她到加州州立大学办妥注册手续，把她在科罗拉多州大学的学分转到加州，选了秋季学期的课，都在上午或者晚上，以便每天仍可以继续照看凯文。

其实鲁捷生回中国，连去带来，总共不过四天。从中国回来，乘美国西北航空公司航班，没有在加州落地，直接飞到东岸华盛顿去见人谈话。他没有告诉伍德先生，那是个人私事。可是到华盛顿当夜，鲁捷生给加州自己家里打电话，跟别基联络。他只告诉别基，他到华盛顿见几个人，只要三天就回加州，也没说是为什么。别基当然不问，鲁捷生那人，除了公务没别的。

那个电话很长，鲁捷生告诉别基，他怎样回到北京，看到北京多么大的变化，他连计程车都不会坐，绕了半天，不晓得走的什么路，最后才到家。他告诉别基，他怎么到医院去看父亲，父亲怎样地看他，问他些什么话。他们父子两人在一起两天，没有一个人提到母亲一个字。可他独自一人到西郊的墓地去了一次，跪在母亲的坟前痛哭，他把自己的学位证书埋在母亲墓碑下了。他也讲给别基，他听到多少骇人听闻的事。

别基从来没有听说过这样的故事，几次打断鲁捷生说:“这里十点多，东岸已经一点多，该睡了，明天还要开会。”

鲁捷生却仍然很兴奋，一点睡意也没有。鲁捷生时差还没换过来，华盛顿夜里一点钟，正是北京下午四点，哪里睡得着。别基从来没有出过国，更没有飞越过半个地球，不晓得国际旅行有换时差的问题。鲁捷生知道解释起来别基也未必明白，所以应了几声，挂了电话。

第二天晚上，鲁捷生又给别基打电话，没想到这一次，别基却让凯文跟爸爸讲话。西岸已经八点半了，怎么凯文还没睡呢？

“爸爸，”凯文回答，“你明天回来吗？”

鲁捷生说：“我明天中午还要见几个人谈话，大概下午三四点能完，我就坐晚上的飞机回去，夜里就到家了。”

凯文好像有点失望，答应一声“哦”，就把电话交还给别基。

别基忙对鲁捷生说：“我要带凯文去睡了，等一会儿我再打回去给你，你会在房间里吗？”

鲁捷生说：“当然，这么晚了，我能去哪里？我等你电话。”

过了一会儿，别基电话打回来，鲁捷生刚一接，别基就说：“你忘了吗？老早就订好的，明天下午五点钟，坡利恩先生举行钢琴表演会，凯文也要上台演奏，他盼望你能出席，所以等着给你打电话。”

鲁捷生说：“哦，那我真忘了。怎么办呢？我明天中午真有几个重要的人要会见，总不能为了看儿子钢琴表演，就不办事了吧？再说小孩子表演，有什么可看，下次有时间再说吧。”

别基说：“你给明天开会的人打个电话，对他讲你要回家听儿子钢琴表演，需要换开会时间，看看他们会不会答应？关键在你，你如果想回来，你就能改时间，他们也一定会同意。他们或许还会觉得你是一个好父亲，因而尊敬你。”

鲁捷生笑起来，说：“那不可能的，因私废公，怎么会得到尊敬。”

别基说：“当然能。告诉你，我看过一个电视报导，美国有个记者，费了九牛二虎之力，到古巴跟卡斯特罗约好面谈，没想到那天忽然她儿子有场棒球比赛，她不能缺席，就告诉卡斯特罗，更换面谈时间。卡斯特罗心想，是我总统重要，还是你儿子球赛重要？不答应。那好，拜拜，不谈算了。那个记者回国，把卡斯特罗扔一边了。怎么样？像你说的因私废公，她被电视台开除吧？事情公开出来，美国人都称赞那个记者，本来嘛，访问个国家领袖有什么大不了，当然还是参加孩子的活动更要紧，那个记者名气还更大了。”

鲁捷生说：“好吧，我试试。”

别基说：“抓紧时间，你那里十一点半了，要打电话不能再晚。我挂了，晚安。”

搞不懂是为什么，鲁捷生挂断别基的电话之后，鬼使神差，真就给安排第二天面谈的联邦司法部副部长家里打了个电话，说明情况，问第二天会见能否改到早上，以便他来得及坐中午飞机回西岸，争取五点钟能赶去看儿子的钢琴表演。那个副部长不仅没在意鲁捷生半夜十一点多打电话，打扰他睡觉，而且一口答应更改面谈时间，保证尽快通知所有参加会见的人。

放下电话，鲁捷生发了半天愣。他在美国主流社会生活了十几年，看来与美国人仍然有距离。中国人无论如何不可能因为小孩子有活动，而要求更改与副部长的会面时间。那一夜他又吃安眠药才睡，一大早酒店电话把他叫起床，匆匆洗过澡，收拾好衣物，到楼下前厅退了房间，准备上午会见一完，直接去机场，不再回酒店。看看手表，来不及吃早点，他到酒店餐厅，拿了一纸盒牛奶和一个甜饼，提着衣箱，走出大门，坐上计程车，一边吃早点，一边赶去会见地点。

该来会见的几个人居然都来了，都很理解鲁捷生的要求，面谈进行得很顺利，十一点钟就完了。鲁捷生匆匆坐上计程车，赶到杜勒斯机场，在航空公司柜台改了机票，坐一点四十分的飞机回加州。

五个多小时飞行，因为三小时时差，西岸时间四点多钟到了加州，鲁捷生来不及回家，便坐计程车从机场直接赶到钢琴老师开音乐会租用的教堂。到达的时间，已经五点半了，表演已经开始。鲁捷生提着衣箱，轻轻推开门走进去，坐在最后一排座位上。

台子上放了一架三角钢琴，开着琴盖，就像音乐厅里的正式钢琴音乐会一样。一个十岁左右的女孩子坐在钢琴前表演，她穿一条洁白如雪的连衣裙，头发上扎个巨大的粉色蝴蝶结，弹贝多芬的《月光奏鸣曲》，弹得很熟练，摇头晃脑，大概跟这老师学过不少年了。坡利恩先生穿着一件黑色的燕尾晚礼服，头发梳得油光，戴副金边眼镜，笔直地坐在那女孩子身边，替她翻乐谱。

教堂里坐了很多人，家长孩童，亲戚朋友，都像出席真正的音乐会一样，男人们穿着西装，女人们穿着长裙，有几个家长还预备了花束，抱在手里。所有的人都微微笑着，专心一致，安静地望着台上演奏的孩子。

这是头一次鲁捷生参加凯文的社会活动，他根本没有费脑子去想，看这样的孩子表演，还居然如此认真。幸亏他上午与几个华盛顿的重要人物会面，穿着必须庄重，而会见一完就赶到机场，来不及换掉身上的衣服，下了飞机也直接赶来，所以还是西装革履。领带在飞机上摘了，放在口袋里，现在又悄悄取出，扎到领子上。别基应当晓得，会给凯文穿他那身西装礼服吧？鲁捷生想着，在观众的背影里寻找别基。不想她也刚好转过头来张望大门，便看到了后排门边的鲁捷生，惊喜地对他笑了笑，为此他便看到了她。

她坐在前面第三排，金色的头发一摇，好像一片阳光闪耀。她没有穿他替她买了去看《天鹅湖》的那身长裙，而是穿着一件藕荷色的短袖丝绸连衣裙，闪着一层光泽。脖颈间挂了一串乳白色的珠子项链，抬手悄悄向他招招，腕上还戴着一个乳白色的玉镯。

台上的女孩表演完了，从琴凳上站起来，一手扶钢琴边，微笑着向观众鞠躬。观众们都站起来，举着手鼓掌，一些人大声喊好，还有人打口哨欢呼，照相机闪光灯连连爆亮。她的母亲走到台前，把手里的花束递到台上，女孩接过，抱在胸前，骄傲地站着。观众们又一次狂欢鼓掌，那母亲往回走着，抹着眼里的泪。

美国的孩子们真幸福，从小得到全社会真诚的尊重。鲁捷生很感动，鼓着掌回想，他自己小时候，学校足球赛也好，合唱会也好，朗诵会也好，从来没有一个学生家长出席。他不知拿回家多少张第一名的奖状，母亲有时会夸奖几句，父亲却不过看一眼，说一声："可不要骄傲呀。"就完了。

鲁捷生默默想着，忽然在人群纷纷重新坐下之际，看到别基使劲地朝他摆手，以致于她周围几个人都跟着回过头来张望。鲁捷生不顾丢在后排座位上的衣箱提包，赶紧趁着人们还没有完全安静，下一个表演者还没有登台的时机，三脚两步赶到别基那一排，跨进去，不住地对旁边的人点头微笑，表示歉意。别基在身边专门替他留了一个空座位，他坐下来直喘气。

一个三岁左右的小男孩，穿着一件极小号的灰格子西装，扎着领带，由坡利恩先生牵着手，从边幕走出来。也许他还不习惯穿皮鞋走路，刚一出台，就绊了一下，险些跌倒，亏得坡利恩先生把他拉住。观众里发出一阵善意的哄笑，很多人拍起手来。

别基不说话，递给鲁捷生一张节目单，白底套着红蓝两色，印刷很精美。鲁捷生打开折叠，别基伸过手来，指指凯文的名字，是第六个表演。鲁捷生转脸，看看别基，点点头。

台上的小孩子只弹了几条音阶之类的练习，观众们又都站起来鼓掌，坡利恩先生又领着他走了，到台边直接抱起来，递给台下孩子的家长。那父亲把小孩子举过头顶，给大家看。所有的人都欢呼，打口哨，替那骄傲的父母亲高兴。

鲁捷生借机歪过头，对别基耳语："凯文穿的衣服对吗？"

别基回答："当然对，我给他买了个新的黑领结。他看见你来了，一定高兴得要命。"

鲁捷生说："他怎么会看得见，这么多人。"

别基说："他当然看得见，你等着。"

说到这里，大家都坐下，他们两个也随着坐下。又是一个小姑娘上台表演，然后就该凯文了。坡利恩先生没有牵他的手走出台，而是他独自一个走出边幕。他穿着那身棕色西装，白色皮鞋，没有扎红领结，而扎别基新买的黑领结。他本来拘拘谨谨地走，走了几步，转头往台下看看，别基马上举起手臂摇摇，转手在空中指指身边的鲁捷生。凯文看到她的手臂，也随着她的手臂，看到鲁捷生，身体马上活动了，脸也发红，两眼放光，惊叫起来："爸爸，你回来了。"

鲁捷生赶紧扬起两手，朝他摆摆，点着头笑，张嘴不出声，说："看你表演。"

观众们都转过头，望着鲁捷生，欢笑起来，还有人哗哗拍手。

坡利恩先生走出来，拍拍凯文，推他走到钢琴边坐下，开始弹奏。他弹一小段肖邦，弹得很好，从来没有那么流利过，一次都没有停顿。弹过之后，站起来鞠了几躬，然后直接从台中央跳下来，冲到鲁捷生面前，扑进他的怀里。

台上坡利恩先生笑着，向鲁捷生父子两人鼓掌，对大家说："鲁先生刚从国际旅行回来，凯文以为他赶不到了，一直很伤心。没有想到，爸爸真的来了，大概从机场直接赶来，所以凯文今天弹得特别好。"

观众们听了，都转身朝鲁捷生使劲欢呼鼓掌。他们能理解鲁捷生为儿子做出的努力，他们诚心赞美他的这种努力，这种父爱。

七点半钟，全部表演完了，坡利恩先生宣布要接所有学生到他家去聚会吃晚饭，让孩子们敞开玩够，可是不欢迎家长，晚上九点钟再见。家长们哈哈笑着，点着头，欢欢喜喜地四散走了。

"我们去哪里?"走出教堂，站在台阶上，迎着发黄的阳光，鲁捷生问别基，"找一家餐厅吃晚饭吧，我有话想跟你说。"

"哦? 我也有些事情要跟你说说呢。"别基转头看鲁捷生一眼，好像有些不好意思。她跟蓝斯分手，自己租公寓住，转学到加州念书，还都没有对鲁捷生讲过。

"那好，我们走吧，这附近我不大熟，看见像样一点的就进去，好坏无所谓吧。"鲁捷生说着，随别基领到自己的车前。

这教堂本来就在一个商业区旁边，他们开车没几步，刚过两条街口，鲁捷生就下了路，折进一个餐馆前面的停车场。别基下了车，扬头看看，门顶上有个雕刻的圆型图案，黑绿两色，店名叫做所罗门牛排店，是家美国餐馆了。

鲁捷生说："就这里吧。看起来这里比较安静，好说话。进去吧，今天我请客，表示对你这一星期照顾凯文的感谢。"

他们说着，走进餐馆，马上由穿黑制服的领座先生带进角落窗边的一个雅座，周围一个顾客都没有。窗上蒙着纱窗帘，里面人可以望出去，阳光却进不来。店里没有大灯，光线很暗，微微发红。桌上铺着雪白的桌布，立了折成花型的两个紫红餐巾，餐巾旁边各扣一个高脚圆型玻璃杯。每人面前摆一个大瓷盘子，一侧放三把大小不同的餐叉，另一侧放一把餐刀和一个勺子。桌子中央燃一对蜡烛型小台灯，夹着一小盆紫罗兰鲜花，很够浪漫。不是周末，人本不多，有眼色的领座先生把他们当作一对情人，特别带到最僻静的一处。

"谢谢。"领座先生两手挪动座椅，安顿别基坐下之后，别基转头对他说。

领座先生对他们笑笑，每人面前放一本菜谱，说一句："尽享美好时光。"便走掉了。

鲁捷生手翻菜谱，眼望别基，说："你穿的衣服很好看。"

别基也翻开菜谱，盯着上面的字，没有看清一个菜名，轻声回答："谢谢，昨天专门去买的。"

鲁捷生点点头，垂下眼睛读菜谱，好像随口一样说："我看出来，你并不喜欢穿那些奇奇怪怪的T恤衫。"

别基猛抬起头，看着鲁捷生，"哦?"了一声。

鲁捷生也抬起脸，看着别基，说："你头一次来我家，头上戴个皱皱巴巴的便帽，身上穿件黑皮夹克，上面印个图案，我看不出是什么，每个耳朵上戴五个彩色耳环。”

一个年轻人提个大玻璃瓶走过来，伸手到桌上翻过那两个高脚圆型玻璃杯，提起玻璃瓶哗啦哗啦连冰带水给他们每人倒了一大杯冰水，然后走开。

“你记得那么清楚?”别基接着刚才的谈话说，一边伸手摸摸耳朵，上面只坠着一对耳环。她低下头，满脸通红，心花怒放，兴奋得几乎喘不上气来。

鲁捷生拿起玻璃杯，喝了一口冰水，说:“是呀，我记得，我还让你第二天换件衣服去接凯文，幼儿园老师比较在乎。从那以后，你去我家，再没有穿过太怪的衣服。”

别基稳定了情绪，拿菜谱半遮着脸，说:“我本来就不大喜欢穿那样的衣服，可是蓝斯不穿任何其他种类的衣服，我只是让着他，讨他喜欢，所以也那样打扮就是。”

鲁捷生说:“我看得出来，那天晚上，你把外面黑皮夹克一脱，里面就不一样了……”

招待小姐走过来，在桌上摆下一筐面包，包着白巾保暖，一碟黄油，一把抹黄油的小折刀，还有一小瓷缸各种各样的佐料，都用小纸包包着。然后她偏着头，微笑着问:“请问，你们可以点菜了吗?”

鲁捷生慌忙停住话，转头对招待小姐说:“好，好，我们马上点，给我来一杯红葡萄酒。”

别基说:“你喝酒吗? 还要开车去接凯文回家。”

鲁捷生说:“一杯酒不会醉的。再说我们有一个多钟头可以坐，酒早散完了。你点什么菜?”

别基说："我不要吃牛排，有鱼吗？好，我点一份烤鱼，烤土豆，带奶油的，豌豆汤。沙拉要蓝赤浇汁。甜点吃完以后再点。"

鲁捷生说："那么你点一杯白葡萄酒啦？好。我点一份纽约牛排，也是烤土豆，可不要奶油，红菜汤。我的沙拉要千岛浇汁。谢谢。"

招待小姐点着头走了。

鲁捷生打开竹筐里包的布巾，取出一片方面包，放到面前的餐盘里，问别基："你不要一片吗？我已经很饿了，非大吃一顿不可。"

别基笑笑，不说话，也从筐里取一片面包，然后把保暖的布巾盖好。

鲁捷生一边在自己的面包上涂黄油，一边问："蓝斯怎么样？找到工作了吗？"

别基说："他挺好，工作也找到了，不够满意，但也凑合。"

鲁捷生问："我不懂，你为什么要讨他喜欢？"

招待小姐把一红一白两杯葡萄酒送来，也是高脚圆型玻璃杯，放在每个人面前，然后说："汤马上就送来。"然后走开。

别基拿起酒杯，喝了一小口，然后回答说："蓝斯是我交过的所有男朋友里，唯一同意将来跟我结婚的一个。"

鲁捷生也正喝酒，听别基这样说，惊奇地睁大眼睛，手举酒杯，停在半空，问："这就那么重要吗？因为他答应会跟你结婚，你就委屈自己很多年，一味讨好他，那可太不像是一个美国姑娘了。"

别基说："我从小就想结婚，有个温暖的家，院子草地浇得绿绿的，房间粉刷得漂漂亮亮，一家人相亲相爱，快快乐乐。”

鲁捷生说：“你现在这样努力，保证能得到理想的一切吗？一味迁就他，委屈一辈子，那是幸福吗？”

招待小姐又走过来，一手托个大金属盘，一手提个折叠的金属架，到了桌前，放下支架撑开，把托在头顶的大托盘放到支架上，从托盘里拿出两盘汤，一盘豌豆汤放在别基面前的大餐盘上面，一盘红菜汤放在鲁捷生面前的大餐盘上面，说：“汤喝完了，菜就上来，请慢用。”然后拿着大托盘走开，支架则留在他们的桌边了。

默默喝了几口汤，鲁捷生才又开口问：“别基，不要嫌我过问别人的私事，我想不出来，你这样委屈自己讨好他，蓝斯真的尊重你吗？”

别基停下喝汤的调羹，拿起膝上的餐巾，擦擦嘴，看鲁捷生一眼，好像要说什么话，又忽然止住，低下头去，继续喝汤。

鲁捷生问：“别基，别怪我说话太直率，你是个很能干，心地很善良的姑娘，你应该得到一生幸福的生活。可是我想，你首先要成为你自己，完成你自己的独立人格，你才能赢得别人的尊敬，得到真诚的爱。别基，因为我很关心你，希望你有个幸福的生活，所以才对你讲这些话……”

“对不起，我要离开一下。”别基说着，把调羹放进汤盘中间，拿起膝上的餐巾擦擦嘴，放到桌上，匆匆站起身来。

鲁捷生赶紧抓住膝上餐巾，也站起来，看着她离开桌子，往大门走过去，心里有点发慌，不知自己是不是说话太唐突了，惹别基不高兴，她很少这样沉默寡言，冷冷淡淡。

招待小姐提着大托盘走过来，问："请问，汤可以收走了吗?"

鲁捷生一边重新坐下，一边点头说："可以，请，谢谢。"

"沙拉马上就来。"招待小姐说着，把大托盘放到支架上，动手把桌上的两套汤盘和下面垫的那个餐盘一起都收到大托盘上，然后托着托盘走了。鲁捷生坐在那里，透过窗帘，望着外面匆匆走动的别基。她不知要去哪里，低着头，走过了他们的车子，绕了一圈，又走回来。鲁捷生心里似乎暗暗地明白一点儿，别基不愿意他谈论蓝斯。

招待小姐端来摆好各人点的沙拉的时候，别基回来了。她对招待小姐说过一声谢谢，便坐下来，伸手把桌上的餐巾抓去，放到膝头，根本不看鲁捷生一眼。

"沙拉吃完，就上主菜。"招待小姐说完，收起托盘和支架，微笑着走了。

两个人谁也不说话，默默吃了几分钟，鲁捷生终于忍不住，停下手里的叉子，拿起酒杯喝一口，抬头看着别基，问："别基，你生气了吗？我说什么话惹了你?"

别基仍旧低着头，不说话，眼盯着沙拉盘子，手拿叉子胡乱搅动，却并不吃。

鲁捷生又喝一口酒，说："我从小受教育，就是必须依附于别人，才能够生活。我们服从父母，服从亲友，服从老师，服从上司，从来不懂得尊重自己的个人意愿，自己的个人情感，自己的个人生活。我们永远等待着有一天，来个救星，让我们得到一切，得到幸福。我们不懂得幸福生活不能靠别人恩赐，只能靠自己创造。所有这一切，我都是到了美国之后，才慢慢了解到。所以我特别尊重美国人的这种个人独立意识，最痛恨那种等待别人恩赐的生活态度。我宁愿死，也再不会去依附于别人，乞讨生活。”

招待小姐看两个人都停了手，以为他们结束了沙拉，便走过来，伸手收拾。鲁捷生本来还想吃完沙拉，可没来得及，招待小姐把别基的沙拉盘子往他的盘子上面一放，他再不能吃了。

这边招待小姐刚把沙拉盘子放进桌边的大托盘，那边一个男招待又举来一个托盘，上面放了他们点的两盘主菜。招待小姐赶紧把放沙拉盘的托盘拿起，让男招待放下他的托盘。然后男招待换手接过沙拉托盘，转身走了，一切都像机械运作那样熟练和准确。招待小姐将别基点的烤鱼，放到她那边桌上，把鲁捷生点的纽约牛排，放到他面前。

“谢谢。”鲁捷生对招待小姐说了一声。

“请慢慢用，有事叫我。”招待小姐笑了一笑，拿着空托盘走了。

别基一边小心地剥开冒着热气的烤土豆外面的银纸，眼睛不看鲁捷生，不动声色地说：“我已经办妥转学手续，转到加州大学继续念完学位。”

鲁捷生也正用手剥开烤土豆的银纸，听这一说，惊讶地抬起头看她，不小心一个手指插进土豆里，呀一声叫起，赶紧拔出，放在嘴里舔。

别基抬头看了看他，笑一笑，说：“你慢点儿，烤土豆很烫。”

鲁捷生从嘴里拿出手指看着，说：“你能把大学念完，那就太好了。对不起，我刚才说了许多不好听的话。什么专业？”

别基拿起两块奶油，剥开纸包，放进挖开的烤土豆，一边说：

“教育，我决定念教育，将来去做小学教员，我喜欢跟小孩子们在一块。等凯文上小学的时候，正好可以来我的班上念书。”

鲁捷生刚把一勺烤土豆放进嘴里，忽然好像喉咙噎了一下，又像舌头被烫了一下，忙放下小勺，拿起冰水玻璃杯，喝几口水，瞪着眼睛，看着别基，半天说不出话来。

别基看他一眼，低下头，拿小勺在银纸包里搅拌刚放进去的奶油块，使其溶化，然后掏出一勺油乎乎的土豆，放进嘴里吃完，然后才说：“我的课都在上午和晚上，中午还可以去接凯文，下午在家照看他。”

鲁捷生这才像醒悟过来，放下手里吃土豆的小勺，从膝上拿起餐巾，擦擦嘴巴，又擦擦额头，然后在手里捏了一阵，终于说：“别基，有件事情，我应该对你讲。可是，可是……”

别基抬起头来，见鲁捷生吞吞吐吐，脸很红，眼睛左转右转，不敢停留在自己脸上，话说半句，好像很难启齿。他的这个神情，忽然使别基也慌张起来。刚才因为谈论蓝斯而引起的不愉快，刹那之间都消失得无影无踪。她坐直了身子，两手微微发抖，呼吸急促，胸膛猛烈起伏。她等待着，不知鲁捷生会说出怎样的话来。他会说他爱她吗？他会向她求婚吗？他会从口袋里取出一个小方盒，里面装一个闪亮的戒指吗？那是所有美国女孩子日夜梦想的时刻，别基尤其盼望得热烈，为此奋斗了很多年。她温和地说：“别急，我等着。”

鲁捷生犹豫了好一阵，低着头，避开别基亮闪闪的目光，终于说：“他们要聘我到华盛顿去任职，做司法部少数族裔事务司的副司长。”

好像一大盆冰水，当头浇下，别基觉得浑身发冷，双臂猛烈地颤抖，脸色迅速由红变黄，又变灰，变苍白，眼睛盯着鲁捷生，目光一层一层地褪去亮度和色彩，没有了生气。她说不出话来，连呼吸都感到困难，只觉得项间的大动脉跳得砰砰作响。

鲁捷生仍然低着头，喃喃地说："我本来应该早些告诉你，可是如果事情并没有什么确定结果的话，何必多事呢，所以……"

别基终于恢复了一些平静，打断他的话，冷冰冰地问："原来你到华盛顿去，是去面谈这个新职位。"

鲁捷生回答："是。我本来……"

别基说："那么说，现在是有确定的结果了。"

鲁捷生说："是，我这两天跟司法部、白宫和国会的主管人员面谈。刚才从华盛顿回来的路上，接他们电话，他们已经决定聘我。"

别基停了一停，问："你加州检察长不做了，怎么跟汤姆说？"

鲁捷生说："我到机场之后，已经给他打了电话。"

别基问："他同意了？"

鲁捷生说："他当然不乐意，可也当然不会阻止我。他说，什么时候我厌烦了华盛顿，随时可以回加州，他永远欢迎我。不少人讨厌华盛顿，不喜欢在联邦政府工作。"

别基问："你呢？"

鲁捷生说："我不知道，我没有在华盛顿住过，没有在联邦政府工作过，哪里晓得。"

别基停了一停，忽然又问："骆明明的案子怎么办？你很关心他。"

鲁捷生说:“是,我很关心。加州司法部不光我一个人干活,我走了,交给别人接手,一样会办妥当。不过我会写个建议的。”

别基又停了停,终于问出要问的问题:“所以你要搬到东岸去了?”

鲁捷生抬眼看了别基一下,点点头,说:“一切由华盛顿安排,帮我卖掉这里的房子,也帮我在华盛顿找房子……”

别基忽然一把从膝上扯下餐巾,丢到桌上,迅速站起,说:“对不起,我要用一下洗手间。”然后转身快步走去洗手间。

鲁捷生也赶忙慌慌张张站起来,膝上餐巾落到地上,忙弯腰拾起,然后重新坐下,独自一人发了会儿呆,又伸手拿起刀叉,默默吃起纽约牛排来。牛排已经有点冷了,咬起来很硬,只好喝冰水把嚼不碎的牛排冲下喉咙。

过了好一阵,别基才走回来,半路上又叫住那个招待小姐,说了一句话,然后回到桌边。她显然重新化过妆,容光焕发。她坐下来,在膝上铺好餐巾,对鲁捷生笑了一笑,显得很轻松地说:“我又要了一杯酒,我们应该庆祝一下。”

正说着,招待小姐已经来了,手里托盘上放了两个小玻璃杯,里面是澄黄的酒汁。

“谢谢,”别基对招待小姐说过,等她离开,举起自己面前的小杯,对鲁捷生说,“我从来不大喝酒,今天为了……你,喝一杯。”

她喉头紧了几次,可是终于说完这句话,脸上一直堆着温暖的微笑。

鲁捷生拿起酒杯,说:“你怎么点司各脱?那我可喝得多了,等会儿开车……”

“举杯吧，”别基打断他的话，举起杯，跟他碰一下，说，“祝贺你。”然后仰脖大喝一口，好像噎了一下，嘴张了几次，终于没有呛咳出来。

“谢谢，别基。”鲁捷生抿了一抿酒杯，又说，“别基，这几个月，真要好好谢谢你。你对凯文很好，对我也很好……除了金朗，从来没有第二个人，对我那么好过。有的时候，我都觉得惶恐，觉得我不配你这样的好待……”

别基头脑发热，有点昏昏沉沉，她没想到司各脱的酒劲会那么快就上头了。鲁捷生这一番话，好像天外来音，飘飘渺渺，似有非有，透进她的耳朵。她两眼迷迷蒙蒙，也不清楚自己在做些什么，机械地连续举杯喝酒，酒很辣很苦，她每次只能抿一点点。

“我曾经犹豫过，我想留在加州，想……可是失去这个机会也……这么多年，很多私人律师楼高薪聘我，我都没有去，而做了这份检察官的工作。现在能到美国首都华盛顿去，在联邦政府里做副司长，只要努力，以后还有更多机会，我想那是一个中国人所可能达到的最大成功。多年以前，我刚一踏上美国土地时的梦想，现在终于实现了，我不能拒绝。”鲁捷生说完，猛一仰脖，把司各脱一口喝光，把酒杯放到桌子上。

别基又举杯猛喝一口酒，脸色暴红起来，眼里充满泪，说：“那是你的美国梦吗？做官，赚钱，住高楼，开豪华车，那一切看来很了不起，可是并不能带给人真正的幸福。我没有那样的美国梦，我的美国梦，是爱，真诚地爱别人，也得到别人真诚的爱。只有爱，才给人永恒的幸福。”

鲁捷生不再说话，低着头，想着别基的话，望着面前葡萄酒杯里纯净鲜亮的液体，红得像透明的宝石，像蒸腾的热血。

等了几分钟，别基又一次举起酒杯，把最后一口司各脱喝完，说：“我们走吧。”

鲁捷生抬起头来，看别基面前的盘子，说：“你什么都没有吃。”

别基拿掉餐巾，丢到桌上，站起身来，说：“吃不下，一点胃口都没有。”

鲁捷生放了小费，到前台付了账，追上别基，默默走出餐馆，默默开车上路。

经过头一个十字路口，停红灯的时候，鲁捷生转头看看身边的别基，说：“别基，你是个好姑娘，心地好，又能干，将来一定能组成一个和睦美满的家庭，你的梦想会实现……”

“绿灯了，走吧。”别基一直盯着眼前，没有偏过脸来看鲁捷生，忽然打断鲁捷生，说，“喝了酒，用心开车，别讲话了。”

于是，一路谁也没有再说一句话。到坡利恩先生家，鲁捷生独自一个人默默地进屋，把凯文接出来。

别基在门外台阶上等着，见凯文出来，她蹲下身，把他搂在怀里，亲亲他的额头，说：“听爸爸的话，听到没有？”

凯文说：“我回去领爸爸看我们新刷的房子，多漂亮。”

别基说：“对，领他看。有事了，给我打电话，好吗？”

凯文说：“我会。”

别基又亲亲凯文的额头，说：“再见，凯文，我很爱你。”

凯文说：“再见，别基小姐，我也爱你。”

别基不再说话，站起身，一眼也不看鲁捷生，快快转身走到马路上。

鲁捷生忙招手叫："别走，别基，不要我顺路送送你吗？你怎么回家？"

别基毫不理会，没有停一下步，没有摇一下手，没有侧一下身，好像根本没有听见任何声音，只是直直地往前走，红黄交错的街灯光，渐渐模糊了她的身影。

凯文扬头问鲁捷生："别基小姐不跟我们回家去吗？"

鲁捷生说："不了，她回她的家去。"

凯文说："可是她家就在我家旁边，一条路呀。"

鲁捷生没有听懂，别基并没有告诉他她搬家的消息。"我们走吧，"鲁捷生拉着凯文的手，往自己汽车走，又说，"她会叫计程车回去的。"

之后一个星期，鲁捷生没有去上班，每天接送凯文上学。上午凯文在学校的三个小时，鲁捷生就到州司法部办公室去处理各种移交手续，跟朋友同事们道别。下午就在家跟凯文一起收拾行李衣物，处置家具。鲁捷生不准备把家里所有的家具都搬到华盛顿去，包装搬运的费用太高。他雇了搬家公司，包一件算一件的钱，当然运一件也算一件的钱。虽然联邦司法部都会报销，很多家具并没有永久保留的价值，不值得花那份钱。他只挑了几件特别的，有些纪念意义的家具，标上记号，让搬家公司包装搬运。比如卧室里的一个小方柜，还是在哥伦比亚念书的时候，金朗捡回来用的。那时他们是穷留学生，没有钱买家具，都在街上捡人家丢弃的破旧家具用。金朗骑车发现了街边丢的这个小柜，捡起来架在脚踏车上，推着车走了十多里，直到深夜十二点半才回到家，急得鲁捷生报了警。

鲁捷生也并不急着把要搬的家具衣物都马上搬过东岸去，搬过去也没地方存放。他还不知道他们到了华盛顿，会住在哪里？他可以肯定不会住华盛顿内，那太危险。可还不能确定要住马里，还是佛吉尼亚。他想等自己确定了在华盛顿的住处，再把家具等物一次搬去。华盛顿的联邦司法部已经委托了加州当地的地产代理商来看过房子，标定了价格，上市出售。他与搬家公司和地产商都说妥了，他到华盛顿后，争取两星期内定下住处，家具就搬过去。在那之前，所有家具都仍暂存在这里，房子先登报出售。他相信房子不会卖那么快，怎么样存放两三个星期，不会有问题。

每个晚上，凯文睡了之后，鲁捷生便在书房里整理对于骆明明案的处理建议。他也算清了别基这个月照看凯文的小时数，写了一张支票给她，还额外加了五百美元，表示加倍的感谢。他想写一封短信，夹在支票上一起寄给别基，可是写了几次都不满意，撕了一地的纸。从小到大，他从来没有觉得过，写一封信竟然如此之难。那个写了蓝斯公寓地址的信封，一连几天立在他的书桌上。他几次想打电话再约别基一起吃顿饭，亲手把这张支票交给她。可是一直没有打，他也不知道为什么？是实在太忙，事情太多，没有时间，还是什么别的原因。他能够感觉到，在他心里，别基不同于任何其他人，不同于一个小保姆，他意识得到对别基有一种特别的感情，这使他很害怕，所以不敢再见她，她还很年轻，他不能毁了她的前途和幸福。日复一日，直到他和凯文坐飞机临离开加州的前一天，实在不能再拖，鲁捷生才匆匆封了口，投进邮筒里去了。

这段时间，别基再没有到鲁捷生家去过一次，可因为现在住得近，不管办什么事，每天开车总不免从鲁捷生房前经过两三次。那天下午，她看见房子门前草地插了卖房子的木牌，便晓得鲁捷生和凯文已经离开加州。她心里很难过，回到家里，躺在床上，望着窗口，流眼泪。她不知道自己为什么会这样，鲁捷生从来没有对她讲过什么，更没有许过任何诺言，他是家长，她是小保姆，雇佣关系，平平常常。可是她心里清清楚楚，她爱上他了，所以她流泪。

天渐渐暗下来，她仍然一动不动地躺着。突然一阵电话铃声，打散了屋里的沉寂和暗淡，别基不想起身，翻了个身，还躺着。电话铃便一直响，最后留言机启动了。

“哈罗，别基，这是蓝斯。好久不见了，你怎么样?”蓝斯居然还记着她，会给她打个电话问候，别基心里软软的，听他留录音，“嘿，听着，别基，我刚收到寄给你的一封信，那个混蛋捷生寄来的，不知道他又搞什么名堂。你是自己来取？还是要我寄给你？打个电话来告诉我。”

别基先还好像没有听懂，仍旧躺着没动，忽然之间她醒悟过来，急忙一跃而起，冲到桌边抓起电话，可是没来得及，蓝斯已经挂断，耳机里只有呜——的电声。

鲁捷生给她留了一封信！别基站在桌边发愣，手里还拿着话筒，里面电话局录音不断重复地响:“请将话筒挂断，再拨号码通话。”

她最后把电话挂断，走到门口，从墙上摘下车钥匙，出门开车，到蓝斯家去。她用不着给蓝斯打电话，他不在家，她也能进去拿到信，蓝斯要她保留一把他公寓的钥匙。

可是蓝斯在家，给她开了门。“哈罗，别基，所以你在家。”他说。

“我在家，正睡觉，被你的电话吵醒。信呢?”别基一边说，一边走进门。

蓝斯关了门，跟在她后面进屋，说，“别基，你还是那么漂亮，我们再出去玩玩吧……”

别基走进厨房，站在桌边，又问：“信呢? 鲁先生寄来的信。”

蓝斯这才好像明白了，从桌上一堆烂纸里刨出一封信来，递给别基，一边问：“你不在他家做小保姆了吗? 他为什么给你寄信?”

别基撕开信封，从里面抽出一张支票，没有别的了。她朝信封里望望，用手掏掏，确定是没有任何别的纸片了，便一屁股坐到椅子上，手中的支票和信封都飘落到地上。他没有给她写一个字。

“哦，你的薪水支票，”蓝斯说着，走过来，弯腰拾起地上的支票，看了一看，有些惊奇地喊叫，“我的天，这么多，一个月你赚了两千五百块? 难怪你要自己租公寓，我这里太糟了，你是有钱阶级……”

蓝斯拿着支票，只管自言自语，别基早把头埋在臂弯里，痛哭起来。

“怎么了? 怎么了? 哭什么?”蓝斯忙问。

“他走了，到华盛顿去了。”别基还埋着脸，边哭边说。

蓝斯举手在桌上猛拍一下，大声骂："我早跟你说过吧，他们那种人，没一个好心，都是他妈的骗子。用得着你的时候，甜言蜜语，什么都说得出口，用不着了，说走就走，把你扔到一边，像一团烂布……"

别基继续边哭边说："我还以为……他会要我一起去……"

蓝斯冷冷哼了一声，说："他那种人？别基，你还在做梦？你想想，他要你去干什么？他会看得上你吗？他从来没有看上你过，他永远也看不上你。在他眼里，你算什么？小保姆，下等人……"

"你住口，他没有……"别基抬起脸来，两手擦着泪，说。

蓝斯愣了一下，想不到别基还会替鲁捷生讲话。过了片刻，他变了声音，说："要不然，别基，你还是回来吧，就好像什么都没有发生过，你还是跟着我，我们将来有一天结婚成家。"

别基看看蓝斯，他肮脏的紫色头发，他眉毛上的金环，他印着一个碎骷髅的黑色T恤，她摇摇头，说："不，我不能回来。我现在知道我想做什么了，不能再像以前一样过日子。"

说完，她站起身来，举手理理头发，又扯一扯身上的衬衫，拿起桌上鲁捷生的信封和支票，放在眼前看着，问："你还好吗？工作怎么样？钱够吗？需要的话，跟我说，我可以帮助你一下。"

蓝斯呆呆地站着，看着别基，好像看一个远古时代的恐龙。

别基说："我得走了，蓝斯，还有五天就要开学了，我得准备。"

蓝斯说："他把你甩了，理都不理你了，你还念什么书呀？"

别基转身朝厨房门口走，边说："我是为我自己才念书的。再见，蓝斯。"

“再见，别基，”蓝斯打开公寓大门，看着别基从面前走过，忽然又说，“你爱他，是吗？所以你哭。”

别基刚走出门，听见这话，顿一顿，叹口气，却没有回头，继续朝楼梯口走过去。听见背后蓝斯关门砰一声响，她才喃喃吐出几个字：“不过我很失望。”

过了几天，八月二十五日，加州大学各地分校同时开学。那天早晨，别基穿上一件鹅黄色的T恤衫，一条牛仔裤，记得那是她随汤姆头一次去鲁捷生家穿的衣服，她觉得那身衣服带给她好运气，认识了鲁捷生。虽然他们分手了，可是因为他，她改变了对生活的看法，他对她还是有恩。

她背着书包，臂下夹着几本厚书和两个本子，匆匆走向校门。进来出去的学生很多，成群结伙，也有几个光头或者白发的教授，夹杂其中，有人急急忙忙，有人慢慢悠悠。就在这杂杂乱乱的人流里，突然之间，不知是因为他穿着特别，或者因为她目光敏锐，或者因为什么特别的感应作用，她往旁边的树丛边一瞥，看见了他，鲁捷生。

他还是穿着他平时上班穿的那一身藏青西装，扎着红白两色斜条纹的领带，手里提着那个熟悉的公文包，站在校门口边，等谁？

别基向他走过去，走得很慢，几步之远，她走了足足两分钟，好像数着步子，丈量两人之间的距离。她利用这时间，努力压抑住自己的激动，吞回一再涌上喉头的泪水，平衡海潮般的情绪。

鲁捷生也早看见了别基，也看到别基看见了自己，向自己走过来。可是他站着，一动不动，既不举手向她打招呼，也不抬脚朝她迎去。他不是不想,他想,可是他动不了,浑身上下,没有一处能够动得了,只得呆呆地望着别基,一步一步向他走来。

“你好,捷生。”

“你好,别基。”

两个人面对面站住了,各说一句,四目相望,然后好一阵静默。

校园里响起几声闷闷的钟响。

“你要上课了。”鲁捷生说。

“我要上课了。”别基说。

他们继续面对面站着,各说一句,四目相望,又是好一阵静默。

“你怎么在这儿?”别基说。

“我想请你中午接凯文回家。你没有改课表吧?”鲁捷生说。

别基听明白了,觉不出心里是什么感觉,嘴上木然地问:“出差来吗?”

“我们搬回来了。”鲁捷生说完,停了一下,又补充,“华盛顿的工作已经辞了。”

别基终于从一种麻木中挣扎出来,惊讶地扬起眉毛,看着鲁捷生。她没有说话,没有问什么,可是鲁捷生从她的眼睛里看清了一切。

该说的都说完了,可是两个人谁都没有走,没有动,依旧面对面站着,四目相望,保持静默。

“你没有告诉我。”鲁捷生又说。

“什么?”别基问。

“你跟蓝斯分手，自己租了公寓住。”鲁捷生说，“我给你电话留言，你不回。最后一次蓝斯接了，把我臭骂一顿，我才知道……”

“知道不知道都无所谓。”别基说。

“不，很重要，所以我才懂得，为什么我在华盛顿不快乐。”鲁捷生说。

别基问：“为什么不快乐？美国梦成真，最大的成功。”

鲁捷生说：“那是过去的美国梦，现在不是了。你带给我一个全新的美国梦，我根本没有成功。”

别基的脸色苍白，一丝血色也看不到，哆嗦着嘴唇，讲不出话。

鲁捷生沉默了好半天，忽然又说：“蓝斯告诉我，你爱我，骂我不是人，不懂得珍惜……”

别基的脸又一下子变得通红，好像浑身的血液都涌到头上，要冲破皮肤的封闭，喷射出来。

“可是我懂，因为我也……”鲁捷生喃喃地说，声音低得听不见，可是震荡在别基的心头，他继续，“别基，没有你，我……和凯文没有快乐……”

别基点点头，终于微微笑起来。